神岡鳥乃
[illust.] JDGE
空冥の竜騎
Dragon-Knight Streaking through the Sky

「こちらエケクルス。感度良好。
現在、高度九千メートル」

防風《キャノピー》内にある彼の身体は、
頭部のカチューシャ型粘菌インターフェースを介し、
《竜》の全身と同調している。
同期した《竜》の視界に、
ロナードは小さな影を捉えた。

イドラ・バーマス
ロナードと同じ部隊で
共に戦争を生き延びた戦友。
クリス・ブルース
士官学校の教師。
ロナードの同僚。
ロナード・フォーゲル
《竜》を乗りこなす竜騎であり、
空軍のエースパイロット。
あるきっかけにより、士官学校に
教師として左遷される。

オーガスティン・
ファーガンハイト
士官学校の長。元軍人。
リコ・エングニス
ロナードが過去所属していた
軍隊の元上司。
ロナードの"元"恋人。
シエル・ペルシェ
士官学校の女子生徒。
教師としてやってきたロナードから
様々なことを学ぶ中で、
ロナードに特別な感情を抱き始める。

「やりました！」
飛び上がるようにレッドボックスから降り、
小走りにロナードの元へと近寄ってくる。

「ご指導、ありがとうございます」
「指導……俺が？」
「すごくわかりやすかったですよ」

CONTENTS

Dragon-Knight Streaking through the Sky

空冥の竜騎

神岡鳥乃

講談社ラノベ文庫

口絵イラスト／ＪＤＧＥ
デザイン／寺田鷹樹（ＧＲＯＦＡＬ）

一章

醒暦２００７年　９月18日　ＡＭ11：45

タンポポの綿毛のような白雲が、どこまでも広がる蒼穹《そうきゅう》を漂っている。まるで絵画と見間違えてしまいそうな、穏やかな光景。それを打ち砕いていったのは、一筋の細い影であった。

ほとんど垂直に近い急仰角で上昇する影は、瞬く間に分厚い雲を突き破り、青一色の世界へと飛び出していく。

鋭利に立った二本角。両に広げた巨大な翼。全身を覆う金属質の鱗《うろこ》は、直射日光を浴びて煌々《こうこう》と光り輝く。その姿は、まさしく神の獣と称されるにふさわしい《竜》のものだ。

巡航速度時速千キロメートル。これは音速とほぼ遜色ない。最高速度はその二十倍近くに達すると言われており、当然だが世界最速の生命体である。

近年実用化された科学技術の結晶、レシプロエンジンを搭載した航空機をもってしても、時速七百キロメートルを超えられないという現実が、この生物をますます神格化させていた。

《竜》の飛行原理は、現在も解明されていない。航空機がプロペラで推力を得ているのに対し、《竜》は両膝の器官から吸収した空気を圧縮急加熱し、足裏へ排気することで推力を得ているというのが最新の見解だが、詳細は不明だ。鳥類の羽ばたきとは根本的に異なる飛翔《ひしょう》を理解するためには、もう少し時間を要することになるだろう。

真正面からの理解を諦めた科学者は、《竜》を模倣した航空機を生みだそうと果敢に挑戦を繰り返した。だが、これは失敗に終わることとなる。理解も模倣もできぬと悟った人類は、最終的に《竜》を操ろうと努力のベクトルを変化させていった。

今、大空に映る光景は、その努力の成果である。

雲を腹に這《は》わせて疾駆する身体《からだ》には、よくよく見ると鱗の他に、人工的な拘束具が取り付けられている。胴と両翼の根元を包帯のように覆うそれは、首の付け根に備え付けられた防風《キャノピー》をしっかりと固定していた。

内側に収まるパイロットの命を、厳重に保護するために。

「エケクルス。こちら管制官。応答せよ」

声がパイロットの頭に直《じか》に響く。機械を介さずに無線を聞く体験は未《いま》だに不可解だ。アンテナの役割を果たす竜の角は、人間で言えば耳に該当する。その器官を共有したのだから、聞こえるのは当然であるのだが。感覚として慣れるかはまた別の話である。

「こちらエケクルス。感度良好。現在、高度九千メートル」

「これより誘導を開始する。同高度にて方位〇五〇へ。会敵予想時刻まで、残り二分」

「了解」

淡々とした口調で交信を終えたパイロット、ロナード・フォーゲルは改めて愛竜エケクルスとの同調状態を確認した。

防風《キャノピー》内にある彼の身体は、頭部のカチューシャ型粘菌インターフェースを介し、《竜》の全身と同調している。一昔前に流行《はや》った降霊術の言葉を借りるなら、《竜》に憑依している状態だ。

肩甲骨に意識を集中すれば、《竜》の翼を羽ばたかせることができる。《竜》の巨体を浮上させる大気の揚力も、その身をもって感じられる。人体には存在しない尾鰭《おびれ》や背鰭《せびれ》も、訓練すれば手足の一部のように操ることが可能だ。

同期した《竜》の視界に、ロナードは小さな影を捉えた。

「目標を目視にて確認。これより状況を開始する」

距離にしておよそ数十キロ。人間のスケールでは遥《はる》か遠くに思えるが、今は互いに音速近くの速さで向かい合っている状況だ。相対速度を鑑みれば、すれ違うまで数十秒とかからない。

機影が次第にはっきりとしてくる。ブリーフィングで聞いた通りの紫竜《しりゅう》だ。

もちろん野良ではなく、こちらと同じ人間が操っている騎竜である。

空を裂き、相手とすれ違った瞬間、戦闘が始まった。

《竜》の戦いの基本は、レシプロ機での戦闘と同じと言って差し支えないだろう。

すなわち、安全な相手の後方につき、接近した状態で攻撃し、撃墜する。相手の後ろを取ろうとする動きは犬の喧嘩《けんか》を連想させるため、一連の空中戦闘は「ドッグファイト」と呼ばれていた。

敵機とすれ違ったロナードは、すかさず補助翼に力を入れて進行方向を軸に半回転《ハーフロール》する。

ぐわんと天地がひっくり返り、太陽が腹を照らした。

次いで航空機の昇降舵《エレベーター》に相当する尾鰭を上げ、竜の首を目一杯に持ち上げる。

上下逆転した世界で、エケクルスは急降下の機動に入った。

地上の何倍ものGがロナードを襲い、全身の筋肉を締め付ける。

だが、彼は激痛にも近い感覚に顔色一つ変えず、尾鰭を上げ続けた。

やがて水平飛行を取り戻したところで、ロナードは天を仰ぐ。先ほど猛スピードですれ違った相手の下へ潜り込むことに成功したようだ。

今の一連の機動は「スプリットS」といい、方向転換の他、相手の死角へ入り込むことにも長《た》けた飛行機動《マニューバ》である。

《竜》は前後と上方に広い視野を持つ一方、下方には自身の巨体のせいで大きな死角が生まれている。今のロナードの位置は、相手からは認識できないだろう。

気付かれぬよう緩やかに上昇。ロナードは照準を敵に合わせた。

「――――っ！」

引き金を引こうとした瞬間、急なロールと上方回転《ピッチアップ》で相手の影が螺旋《らせん》を描く。

横倒しにした樽の内側をなぞるかのような機動《バレルロール》。それにより攻撃は紙一重でかわされた。

どうやら、見えずともロナードの動きを予想していたようだ。

奇襲が失敗したのだから、姿を隠していても仕方がない。ロナードは相手と同高度まで上昇し、ロールと偏揺《かたゆれ》を駆使して後方を取ろうと試みた。

だが、そこは先の機動を読んでいた相手。当然それも折り込み済みで、絶妙に後方占位を許さないマニューバで翻弄してくる。

いつしか二体の竜は、交差する機動を繰り返していた。

互いに交差進路を取りつつ、相手の射線を外しながらまとわりつき、反撃の好機をうかがう。それらが織りなす軌跡から鋏《シザース》と呼ばれる機動だ。交差点を通過した瞬間切り返し、敵を前へ押し出そうと機首上げとローリングで失速させる。

ロナードは数度、射線上に相手を誘い込むことに成功したが、撃墜には至らなかった。

相手との力量差はほとんどない。

このままシザースを続けても、エネルギーを消費するだけだ。

ならば、と次の交差点でロナードは反転を止め、針路をそのままに維持した。

それは敵に背後を取らせる選択であり、こと空の戦闘においては自殺行為である。

一瞬、敵はその奇行に面食らったようであった。が、すぐにピッチをコントロールし、銃口をこちらに向けてきた。

当然だろう。目の前にぶら下がった餌をみすみす逃す竜騎はいない。ロナードはその習性を巧みに利用した。

後方でガトリングが火を噴こうとした次の瞬間——

エケクルスはその首を、天へと突き立てた。

わずかな急上昇と共に、両の翼が大気をさらい、エケクルスは一瞬のうちに失速した。

虚空に向かって射撃した相手は、対処する間もなく前方へ押し出《オーバーシュート》される。

それを確認した後、ロナードは水平飛行へと体勢を立て直し、敵をロック。回避《ブレイク》の隙すら与えず、エケクルスの首下にくくりつけたガトリングを撃ち込む。

弾丸は吸い込まれるように敵竜へ直撃し、弾《はじ》けたペイントが鱗を赤く濡《ぬ》らしていった。

「直撃を確認。模擬戦はロナード少尉の勝利。二機とも速やかに帰投せよ。以上」

管制官からの淡泊な通信が届いたのを最後に、大空を支配していた緊張感が和らいでいく。

ロナードは肩の力を抜いてキャノピー内の空気を吸い込んだ。そして、自分が竜ではなく人間だという当たり前の事実を再確認した。

「っかぁ～～！　また負けた～～～！」

角越しに声が響く。

今日の対戦相手であり、ロナードと同じ飛行部隊に所属するイドラ・バーマスのものだ。

　長年の付き合いになる友人は悔しがる時、いつも声が裏返っていた。

「シザース抜けて絶対取ったと思ったのによぉ……何だよさっきの変態マニューバ」

「ただの機首上げだ」

「んなわけねぇだろ。少なくとも俺にはできないね」

　イドラとの模擬戦の帰り道は、いつも反省会のような会話が続く。

　と言っても、これまで彼が勝利したためしはないので、毎回ロナードは空戦機動についてて根ほり葉ほり、聞かれる羽目になるのだが。

「あーあ、今日くらいペンキまみれじゃない状態で基地に帰りたかったんだがなぁ……」

「何故《なぜ》だ？　今回の模擬戦は、特に昇格に影響するものではないはずだが」

「このご時世に昇格なんざ、もう興味ねぇよ。そうじゃなくて、今日は基地の一般公開日だ。ブリーフィングで広報部から連絡あったろ？」

「……そうだったか？」

「相変わらず、模擬戦以外の情報はシャットアウトしてるわけか。ギャラリーから賞賛されるのはお前の方だぜ。うらやましいねぇ」

「興味ない」

「はっ！　なら、《竜》を替わってくれよ。今すぐに」

「それは無理そうだ……基地が近い」

イドラとの中身のない会話を続けているうち、眼下に広がる光景は瞬く間に変わっていった。既に大海原は姿を消し、現在はアテラ王国の郊外上空を滑空している。建物や車や人間が、まるで精巧な作り物のように思えるミニチュアの世界。

その先に、帰投先であるフレデフォート基地の滑走路が覗《のぞ》いていた。

「交信終了。これより着陸態勢に入る」


フレデフォート航空基地は、アテラの沿岸部に近い平野に位置している。

竜騎そのものの歴史が浅いため、設立から十年と経《た》っていないから外観も良《い》い。

元来この地域は、肥沃な土壌と気候的条件が相まって広大な農園が広がっていた。

しかし、今では工業化の勢いに押され、徐々に工場の数が増えてきている。その影響もあり、一年前には最寄りの都市から鉄道が延伸され、交通の便も発達した。

おかげで、フレデフォートは数ある航空基地の中でも、アクセスの良い施設となっていた。

基地の公開日となれば、神獣《竜》の飛行を一目見ようと一般市民が足を運んでくる。

それは平時となって久しい今では、見慣れた光景になりつつあった。

「すごかったね！　《竜》の模擬戦」

「あぁ、空気の振動が身体にまで伝わってきて興奮したな！」

「……興味深い」

展望デッキに備え付けられた双眼鏡を囲み、三人の少女が談笑している。

年は十代半ばから後半といったところだろう。

各人は髪の色、肌の色、目の色に訛《なま》り、そのどれもがバラバラだ。

賑《にぎ》やかな彼女らの声は、近くのテラス席で昼食をとっていたロナードの耳にも入ってきた。

「どうした？　ぶすっとして」

イドラはそう言いつつ、ロナードの席の向かいに座る。

プレートに盛られているのはバターロールと、岩盤のように分厚いステーキ。

いまだ熱を閉じこめたそれは、滴る肉汁と湯気を存分に周囲へ主張していた。

模擬戦で負けた後、決まってイドラはやけ食いするのだ。

「騒がしいと思っただけだ。基地公開日とはいえ、施設内まで出入りさせるのはどうかと思う」

「ふっ……いいじゃねぇか。日頃、響いてくる上官の野太い怒鳴り声よりかは、よっぽど耳心地いいと思うけどね、俺は」

バターロールをちぎって口に放り込みつつ、イドラもロナードの視線を追った。

三人の少女は展望デッキの柵にもたれかかり、おしゃべりを続けている。

彼女らを真剣な面持ちで凝視し、イドラはうーんと顎に親指を添える。

「俺のタイプは右の金髪の娘な。ありゃ、数年後いい女になるぞ……で、ロナード。お前は？」

「今の話、嫁さんに報告しようか」

「待て待て！　冗談だよ冗談！」

ゴホゴホとせき込みながら手を振って、イドラは必死に弁明した。

彼が肌身離さず首から下げているロケットには、人生の伴侶の写真が収まっているというのに。

「妻子持ちとは思えないな……お前の女好きは」

グラスを呷《あお》り、呼吸を落ち着かせたところで、イドラは改めて少女たちを窺《うかが》う。

今度は色目ではなく、怪訝《けげん》そうな面持ちで。

「しかし、珍しい組み合わせだよな。共和国《ヴェニウス》と市国《クロン》……それに左の娘は訛りから多分、連邦《ウラスノ》出身だろ。あの三ヵ国出身で一緒にいるなんて……戦後のグローバリゼーションって奴《やつ》か？」

今挙がった国名は、ソラーレ大陸を構成する八ヵ国のうちの三つだ。

八つの国々は主に二つの陣営に分かれ、戦争を繰り広げていた。

停戦、講和へと事が運んだのは七年前。

人間の時間感覚では、昔の記憶になりつつある過去。

しかし、大陸が歩んできた歴史の中では、つい昨日のような出来事だ。

「大戦時、アテラと同盟国だったヴェニウスはともかく……中立のウラスノと敵国のクロンまでこの国の……しかも航空基地の見学に来るようになるなんて」

「敵国……じゃなくて元敵国な、ロナード。今、その手の発言を軍人の俺らがするのは国際法的に御法度だ。大陸は……凄惨な戦争を経て、今や恒久的な平和を摑《つか》み取《と》ったんだからよ」

政府やメディア、教科書が口を揃《そろ》えて主張する内容を、イドラはわざとらしく言ってみせた。

七年前……ちょうど醒暦2000年に、大陸全土を巻き込んだソラーレ大戦は終結した。

両陣営に中立国を加えた講和条約を結び、経済的連携を深め、軍事面でも親密になってきている。国家の枠組みを越えた団体が数多く設立され、国境という地図上の線も次第にその意味を持たなくなっていった。

ソラーレ政治経済連盟（Ｓｏｌａｒｅ　Ｕｎｉｏｎ：ＳＵ）は、そういった情勢の中で設立され、今まさに大陸は一つになろうとしている。

しかし、これは特定のストーリーラインに納めようと、恣意的な角度から切り取った歴史だ。

昨日まで総力をもって叩《たた》きのめそうとしてきた相手と握手し、明日から仲良くやろうなんて普通ならありえない。それができたのは、より強大な共通の敵が現れたからに他ならなかった。

「……別大陸《ブルート》がソラーレ大戦に介入してきた結果、結束を余儀なくされて形成した不可抗力の講和路線。こんな平和……偽物にすぎない」

「かもな。でも、結果的にこうしてクロン産のステーキも食える。SU様々だよ、ホント」

分厚いステーキ肉にフォークの先端が突き立てられる。イドラはそれを口に運ぶと豪快に頬張った。七年前には想像もできなかった食事風景だ。

当然ながら大戦時は輸出入がストップし、物資は不足。あらゆる物価が暴騰の一途をたどり、肉はおろか小麦も芋もまともに買えない状況が続いていた。

それと比べれば、今の市場は非常に安定している。終戦直後のような急成長はないものの、大陸全体が連携した経済政策によって、市民の生活は間違いなく豊かになった。

たとえ偽りだとしても、やはり平和は平和だ。

大半の人々が、それによってもたらされた豊かさを享受し、幸せを受け入れている。

しかし、ロナードにはそれがどうしてもできなかった。

「なぁ、ロナードよぉ……だから、お前も少しは自分を労《いたわ》ってやってもいいと思うぜ」

不意に自分の名前が呼ばれ、ロナードはハッと頭を上げた。

話半分に聞いていたとはいえ、今のイドラの発言には前後関係を見いだせない。

「とぼけるなよ。戦争が終わって、俺らの配属先がフレデフォート基地になってからずっと……お前のマニューバは自殺行為のオンパレードだ」

「何だ、急に？」

　お調子者で軽口の絶えない普段の彼は鳴りを潜め、今はいつになく静かな口調だ。

　流れる空気がわずかに重くなるのを、ロナードは肌で感じた。

「さっきの模擬戦《スクランブル》だって、一歩間違えれば撃墜されてたのはお前の方だった。あんな機動を、実際の緊急出動でもやるつもりか？」

　ロナードは唇をわずかに開け、何かを言おうとした。しかし、その何かは喉元で引っかかり、なかなか舌へとたどり着かない。

　戦争が終わり、それでもなおロナードが《竜》に乗って空にこだわる理由。

　生存のセオリーを真っ向から否定した空戦機動を多用する理由。

　それは――

「後悔してんだろ。空で死ねなかったこと」

「…………」

　いつまで経っても答えられないロナードに対し、イドラははっきりと言ってのけた。

「俺の撃墜数はお前の足元にも及ばないが、同じ部隊にいたんだ。分かるよ。俺とお前だけだもんな……あの部隊で生き残ったのは」

　イドラとの付き合いは、かれこれ十年近くになる。

出会った当時には、彼の他にも大勢の仲間がいた。

手先の器用な部下や、コーヒーにうるさかった上官。

それに、かけがえのない《リコ》女性も……

しかし、彼らはもういない。自分とイドラだけが、生き残ってしまった。

それからというもの、取り残された感覚と罪悪感が背中にへばりついて片時も離れなかった。

「俺も時々、考えちまう。どうして俺らだけ生き残っちまったんだろうとか……こんな嘘《うそ》だらけの平和の中、俺らの居場所なんてあるのか、とか。でもさ――」

「イドラ……この話、今じゃなきゃダメか？」

無意識に避けていた部分へズカズカと踏み込んでくるのに耐えられず、ロナードは無理矢理話を打ち切ろうとした。だが、イドラは構わず続けた。

「あぁ、ダメだね。腹割ってお前と話せるのは……これが最後だからな」

「…………は？」

聞き間違いだろうか。いや、そうであってほしい。

ロナードの声には躊躇《ためら》いと、わずかな期待が滲《にじ》んでいた。

その期待は次のイドラの言葉で脆《もろ》くも崩れ去ることになる。

「ロナード……俺は、ここから異動することになった」

「ソラーレ中央士官学校？」

「プルートからの侵攻に備えて、戦後に大陸の合同軍が設立されたろ？　ソラーレ防衛共同体（Ｓｏｌａｒｅ　Ｄｅｆｅｎｃｅ　Ｃｏｍｍｕｎｉｔｙ：ＳＤＣ）。そこ直轄の士官学校だ。と言っても、実態は若手の竜騎育成と《竜》の研究を目的とした施設。ほとんど《竜》専門の研究教育機関といってもいい」

「……いつからだ？」

「赴任は来週だ。口止めされていたから言えなかったが、もう荷物も送っている」

「急すぎる」

「辞令を送ってきたのはスピネルのクソジジイだ。いつものことだよ」

「お前が、学校の先生？　ハイスクール程度の子供に……《竜》の乗り方を教える？」

「笑えるか？　俺もだ。柄じゃやねぇってな」

十八歳にも満たない子供相手に教鞭《きょうべん》を執る姿を想像したのか、イドラはくくっと喉を震わせた。

「でもよぉ、戦争が終わってもう七年経つ。それでもなお、この部隊にしがみつくことが正解とも思えねぇんだ……それに、危なっかしい仕事を続けていると、ハニーが心配するからな」

悩んだ末に、腹は決まった。そう言いたげな口振りだった。

事務的にも心境的にも、イドラの異動はもう決まったことなのだ。

ならば、今さらロナードがどうこう言ったところで変わるものではないだろう。

「ここに心残りは、ないのか？」

「あるとしたらお前だよ、ロナード」

彼の握ったフォークの先が、ロナードへと向けられる。

「俺がいなくなったら、寂しさのあまり自殺しちまうんじゃねぇかと思うと、心配で心配で夜しか眠れねぇ」

「っ！　真面目な話を振ってきておいて、お前は……」

「つっても、心配してるってのはマジだ」

のらりくらり不規則に緩急をつけるイドラの口振りは、一見適当でその場任せのように聞こえる。だが実際は、ロナードを翻弄してロナード自身の核心に触れるための前振りだった。

「あいつらが……リコが死んだのは、お前のせいじゃない。お前が生き残ったのも、何の罪でもない」

イドラの言葉は弾丸のように、硬く覆われたロナードのトラウマを撃ち抜いていった。

「こんな嘘偽りの平和でも、お前の居場所はきっとある。だから、今みたいな生き方はやめろ」

「どういう意味だ？」

「お前が今、空を飛んでいるのは……死ぬためだろ？」

「………」

「だから、自殺じみたマニューバを繰り返している。そんな死に場所を求めるみたいな生き方より……生き場所を見つけてくれ」

　ロナードにとってその言葉が何の救いにもならないことは、イドラが一番理解していた。

　しかし、それでもイドラは言葉にせずにはいられなかったのだ。

　同じ死線をくぐり抜けて、最後に残った僚友《ロナード》へと。

「お前には、それだけ伝えておきたかった……じゃーな」

　ステーキを一切れ残らず口の中へ放り込み、イドラは席を立った。

　その拍子にロナードの手からフォークが滑り落ちる。周囲に金属音がこだました。

　不愉快な残響は、日が暮れて夜になってもロナードの鼓膜から離れなかった。


　その日の夜。

　宿舎へと戻ったロナードは、自室で一人ぼんやりとテレビを眺めることにした。

無用の長物として鎮座していた代物だが、今はこうして思考を阻害するために活躍している。

画面の向こうで展開されるたわいない会話は、しばらくは彼の気を紛らわせることに一役買っていたが、やがて逆効果をもたらした。

バラエティ番組で談笑しているのは、先ほど展望デッキで見かけた少女たちのように国際色豊かな司会とゲストの組み合わせ。

その雰囲気に、ロナードは強烈な違和感と孤立感を覚えた。まるで自分と世界が、このテレビのように画面越しに隔てられているかのような、そんな居心地の悪さである。

十年前、ブラウン管が映し出すものは自国の称賛と敵国への憎悪だった。

当時純真無垢《むく》な少年であったロナードは、それが世界の真実だと錯覚していた。

テレビもラジオも新聞も、親も教師も同級生も、誰もが異口同音に主張した一つの社会思想《イデオロギー》。それこそが、追求すべき真理だと信じて疑わなかった。

幻想が打ち砕かれたのは、戦後のこと。異常なスピードで形成されていった大陸融和世論がきっかけだった。そこで彼は、自分の信じてきたものがいかに脆いかを悟った。

揺らがない正しさなど存在しない。それは風見鶏《かざみどり》のように、政治経済という風に従い如何様《いかよう》にも変容するのだ。気付けばロナードの殉じた思想は戦前の古い考え方として、やがては極右の危険思想としての烙印《らくいん》を押されることになった。

戦時中は大儀を信じて《竜》を駆り、命がけで空を飛んだ。

その結果、多くの仲間が死んでいった。

そして迎えた世界は、しかしロナードを歓迎してはくれなかった。

「おかしいよな……」

テレビ画面の向こう側で起こったオーディエンスの笑いに、ロナードは語りかける。

だが、彼自身が痛いほど理解していた。この世界でおかしいのは、自分の方なのだと。

そして、そんな自分に生きる場所など存在しない。

あるのは死に場所だけ。空《そら》の戦場だけだ。

「……サイレン？」

ロナードの思考を見計らったように、けたたましい警報音が基地内に響き渡る。

それは、緊急出動《スクランブル》を告げる絶叫だった。

＊＊＊

警報の五分後。

ロナードとイドラはそれぞれの愛竜に乗り込み、指定空域へ向けて出動した。

領空侵犯を行う所属不明竜《アンノウン》に会敵し、領空外への退去を促す。従わない場合は、撃墜措置に移行。これが、今回のスクランブルの目的である。

イドラは愛竜ラインムートとシンクロした瞳で、雲間に浮かぶ月を垣間見《かいまみ》た。

今宵《こよい》二体の《竜》を導くのは、弓を引いたかのような三日月だ。

高度九千メートルの空に人工の光があるはずもなく、ここは月光の独擅場となっていた。

緊急発進とはいえ、久しぶりの夜間飛行。そこで、イドラは改めて痛感する。

戦いは嫌いだ。でも、《竜》になって空を飛ぶのは好きだ。

特に、夜の空を飛ぶのは。

「エケクルス・ロナード機、ラインムート・イドラ機。こちら管制官。応答せよ」

「こちら長機《リード》、エケクルス。感度良好」

「こちら僚機《ウイングマン》、ラインムート。同じく」

イドラの駆るラインムートの二時方向には、ロナードの愛竜エケクルスがぴったりと張り付いている。その距離は百メートルにも満たない。コクピットはおろか、《竜》を覆う鱗の隙間までくっきり見える。

この二竜一対の平行飛翔は分隊、または梯形《エシュロン》と呼ばれるフォーメーションだ。空戦機動に長けた長機を前面に据え、その死角を僚機がカバーする。先の大戦で発展した、相互連携を要《かなめ》とした《竜》の戦術である。

「所属不明竜《アンノウン》一体が、アクラマン海岸より南西へ進行中。高度一万メートル。速度七百五十キロメートル毎時。これより誘導を開始する。同高度にて方位〇三〇へ」

「了解。方位修正」

「確認。会敵予想時刻まで残り五分。途中、別大陸《プルート》の実効支配地域に接近する。自機の座標には常に注意せよ」

　交信終了。

　警報、離陸、方位調整と一連の流れを終え、イドラはふぅと息を吐いた。

「ついてねぇな。異動に備えて今日はもう寝てたってのに、スクランブルとか……あ〜、眠い」

「イドラ、気を抜くな。指定空域までまだ距離はあるが、もうすぐプルートとの境界だ」

「へいへい……上から耳にタコができるくらい注意があったよ。ったく、面倒な場所に現れてくれたもんだ」

　アンノウンが出現したのはＳＵの領空であるため、対処は必須だ。

　しかし、その付近に別大陸《プルート》の実効支配地域があることが事態を緊迫させていた。

　ソラーレとプルートは現在、にらみ合いの状態が続いており、何が火種となって大戦に発展するかわからない。今回のスクランブル中、誤って実効支配地域へ入ってしまった場合、それが火種となる可能性もある。

　上層部は今頃、肝を冷やしてイドラたちの針路を注視しているに違いない。

「ま、境界を踏み抜くようなことにはならねぇよ。実効支配地域に近づけば、向こうから教えてくれるんだからな」

　外は相変わらず、雲の絨毯《じゅうたん》が広がっている。景色に変化はない。

しかし、ラインムートの角が妙な電波を察知した。

「噂《うわさ》をすれば、何とやらだ。ロナード……《竜》の可聴帯をラジオに合わせてみろよ。ここまで別大陸《プルート》の洗脳ラジオが聞こえてくる」

人間の耳と同じく、《竜》の角も空間に漂う圧力波を聴覚刺激として認識している。この点で両者は似通っているのだが、《竜》の角はさらに電波も聞き取ることが可能だ。可聴領域の周波数は任意に設定できるため、外部機器を介さずに無線をキャッチできる。

ラインムートの可聴領域をプルートの国営ラジオの周波数に合わせると、奇っ怪な電子メロディが鼓膜を揺さぶる。アナウンサーは喜び以外の感情が死んでしまったかのような声で、毎度おなじみの文言を繰り返していた。

「プルート国民の皆さん。今日も一日、民主主義、お疲れさまでした。明日も皆で平等に正しく楽しく幸せになりましょう。こちらは自由の国、プルート合衆国国営放送ラジオです――」

ずっとこの調子である。しかも、これが政府のプロパガンダでも何でもなく、プルート合衆国の日常だというのだから驚きだ。

イドラには、こんな得体の知れない集団と相互理解できる未来がまるで想像できなかった。

ソラーレ大陸とプルート大陸の国民性の違いは、つい先日まで一切の交流がなかった事に起因している。

有史以来数年前まで、両者は接触どころか互いの存在すら認知していなかった。というのも二つの大陸間の海は、物理的に遮断されていたからである。

特異気象《雷壁《らいへき》》。

大陸間の海を縦断するように続くその現象は、まさに読んで字の如《ごと》く雷の壁である。消えることのない積乱雲から常時殺人電流が放出されるのだ。そのせいで、地動説や原子論といった科学が発展した後も、「世界の果て」という概念は民衆の間に色濃く残っている。当然ソラーレの民は、その向こうに別大陸《プルート》があるなど夢にも思っていなかった。逆もまた然りだった訳だが。

パラダイムシフトが訪れたのは、人類が翼を手に入れてから。

《竜》を駆り、空を飛べるようになってからだ。

雷のカーテンの向こうにも人類がいる。その事実を先に発見したのはプルートの方であり、彼らはさも当然のように新天地を侵略しようと思い至った。当時、大陸内の戦争で疲弊していたソラーレの国々に、未知の国からの侵攻を拒む余力は残っていなかった。

結果、幾つものソラーレ大陸の港街が彼らに侵略されていった。

今、イドラ達《たち》が接近しつつある地域もその一つであり、ソラーレ大陸にありながらプルートの実効支配を受けている。そのような港街の市民は、連日さっきのような放送を聴かされ、再教育という名の洗脳を施されていた。

実効支配の開始から七年。まだ、プルートへの抵抗勢力も残っているらしいが、それがゼロになるのも時間の問題だろう。

「できることなら、すぐにでも向こうの実効支配地域の哨戒機《しょうかいき》を撃墜してやりたいんだがな」

「落ち着けよ、ロナード。今回のスクランブルの目的は違う」

所属不明竜《アンノウン》との会敵予想まで、一分を切った。

ラインムートの可聴帯を切り替え、イドラは聴覚から視覚へと意識を集中させる。

どこだ……

イドラが目を凝らすと、月明かりを逆光に纏《まと》った影が一つ映る。

「お……おいでなすった！」

直後、ロナードも気づいたらしい。

「目標発見、緑竜《りょくりゅう》一体」

「コクピットも確認……野良じゃねぇ。人間が乗ってる！」

「外壁に国籍マーク確認できず」

「となると、プルート軍の《竜》じゃなくて空賊か……って——!?」

思考を巡らせた矢先、緑竜はラインムートに向かって発砲してきた。

模擬戦で使うような機関銃などではない。

《竜》の身体の一部にして、生まれながら備わっている通常兵装＝《爪《バルカン》》である。

体表を覆う鱗と同種の合金を圧縮し、弾丸として前足先から撃ち出す様は、生物としていかに《竜》が異常かを象徴していた。

弾丸は二十ミリバルカン砲と酷似しているが、威力も連射速度も《爪》の方が圧倒的である。

コクピットに当たれば即死となる合金の矢が、エケクルスとラインムートに迫る。だが、敵機との相対速度は音速を超えていた。そんな状況で弾丸がこちらを捉えられるはずもない。

虚《むな》しく夜空へ吸い込まれていく《爪》を見送りながら、イドラは悪態を吐いた。

「ったく！　いきなり撃ってきやがった！」

「通告、警告……ともに反応しない」

緑竜はなおも近づいてくる。

このまま針路変更しなければ、戦闘開始《サークルファイト》は避けられないだろう。

だが……

「……奴《やっこ》さん。切り返して逃げてくぞ」

「何だと？」

あわや空戦の火蓋が切られようとした寸前――

敵はバンクを加えてハイGターンに入った。針路を真南に移し、こちらと交差角が食い違う。

意図は読めないが、既に攻撃から退避へと行動を変えたようだ。

一撃離脱にしては、お粗末すぎる……どういう狙いだ？

イドラは状況を分析しつつも、六時を見せた相手にほっと一安心した。少なくとも、この位置関係で狙い撃たれることはない。

「空賊の割には、張り合いねぇな。ま、そっちの方が気も休まるが……」

話しかけるように、視線を長機がいる二時へと向ける。だが、そこにエケクルスの姿はない。

嫌な予感がしてロナードを探すと、エケクルスはわずかに俯角《ふかく》を取って位置エネルギーを利用し、加速を始めていた。

「お、おい！　ロナード！」

「アンノウンを追撃する」

「バカ！　管制官からの指示を……」

「SUとプルート以外の所属不明竜《アンノウン》。通告、警報の無視。そして、こちらへの発砲。すでに現場の判断で撃墜行動に移行可能な条件は満たしている」

「けどよぉ……」

「プルートとの境界線に近づくヘマはしない」

イドラの警告を先回りし、ロナードはさらに加速を続けた。

このまま指をくわえていては、完全に置いていかれる。

「ったく……昼間に俺がしてやった忠告は無駄だったか」

ロナード・フォーゲルの空戦技能はソラーレ大陸でも指折りだ。敵味方問わず、彼とエケクルスの名は多くの竜騎に知れ渡っている。冷静沈着に撃墜していく戦いぶりから、彼を《機械》と称する者もいた。

だが長年隣にいたイドラから言わせれば、的外れもいいところだ。本当の彼は危なっかしく、自分の命を軽視した戦いばかりをしている。そんな暴れ馬の手綱を握ってやるのが自分の役目だと、イドラは認識していた。

できれば、ロナードの戦い方が落ち着くまで、手綱を握っておきたかった。

しかし、異動命令により、それはできない。

「……最後くらい、俺を安心させる飛び方をしやがれって」

小言をこぼしつつ、イドラは苦笑を浮かべた。

「てなわけだ、管制官。これより、エケクルスのフォローに入る！」

向こう側からの通信が入る前に可聴域をシャットアウトし、イドラも加速に入った。

敵の緑竜に、ロナード、イドラが続く。

だいぶ離されてしまったが、ラインムートなら挽回《ばんかい》可能だ。

《竜》の色は虹に準《なぞら》えた七種に分類され、その速度と旋回性能は光の色と連関している。すなわち、赤色に近い《竜》ほど速度が遅く、旋回性能に勝る傾向にあり、逆に紫色に近い《竜》ほど速度が速く、旋回性能では劣る傾向にあるのだ。たとえ後《おく》れを取ったとしても直線飛行を続ける限り、やがて紫竜のラインムートが追いつく結果となるのである。

再びエケクルスの八時方向に付き、イドラは分隊フォーメーションを取り戻した。

「ロナード。何か妙じゃないか？」

「妙……とは？」

「敵の機動がだよ。もし俺達の追跡から早く逃げたいんなら、一直線に来た空路を戻ればいい。公海上空へ出ちまえば、俺達はそれ以上手出しできないんだからな。だが……このアンノウンは会敵後のハイGターンから頑《かたく》なに針路を維持してる」

「……土地勘のない所を飛んでいるうちに、迷ったんじゃないのか？」

「それにしては、飛び方に迷いがねぇ。このままだと、ウッドリー峡谷に差し掛かって……」

イドラの唇がとまり、眉が持ち上げられる。次いで脳裏に静電気にも似たわずかな刺激が走った。

地図と針路を頭の中に描いていたイドラは、思考を整理していく。

土地勘……地理的優位……

そして……峡谷。

パズルのピースのようにキーワードがつながっていく。

「っ⁉　まさか――」

最悪の事態を察知し、イドラは周囲を見渡した。

距離と速度を計算しても、今からの旋回は不可能だ。

ならば……

「ロナード！　機首を上げろ‼」

イドラは祈るように、長機に向かって声を張り上げた。

＊＊＊

聞いたこともないイドラの絶叫で、危機を察知した身体が無意識に動いた。

尾鰭《エレベーター》の筋肉に力を入れる。全身にかかる揚力と抗力のバランスが崩壊し、《竜》の首は頭上の三日月へ向かって突き上げられた。昼の模擬戦時、攻守逆転の鍵となった飛行機動《マニューバ》だ。

その刹那、エケクルスの直下から間欠泉の如く弾丸が駆け上がってきた。

「な――⁉」

予想外の攻撃に、声が漏れる。とっさの機首上げで被弾面積が減り、コクピットへの直撃は免れたものの、数発が背をかすめ鱗を剝ぐ。

傷ついたのは自分自身ではない。《竜》の身体だ。理屈では分かっていたが、エケクルスとシンクロしたロナードの神経は、容赦なく偽りの痛みを発火させた。

「っ！　新手の《竜》⁉」

掃射の豪雨が止《や》んだところでロナードはナイフエッジ（主翼が地表に対して垂直をなす機動）に入り、襲撃者を目の当たりにした。

下方にはいつの間にか、三体のアンノウンが出現している。

ありえない……

ロナードは両の眼《め》を泳がせ、周囲を警戒した。夜空に身を隠せるほどの雲はない。月明かりのおかげで視界も良好だ。さらに、角のレーダーにも妙な反応はなかった。

「一体どこから……？」

「下からだ……奴ら、渓谷を抜けて来やがった」

通信に息苦しそうなイドラの声が入る。

「ウッドリーの、あの細道を？」

「俺らが渓谷上空を飛ぶ、タイミングと……奴らが、渓谷から飛び出すタイミング。その二つをドンピシャに、合わせれば……完璧な奇襲の出来上がりってわけだ」

「会敵後に進路を変えたのも、これが狙い……だったのか？」

「出逢《であ》いざまに無駄弾を……撃ってきたのも、多分な。こっちに迎撃の口実を作らせ、追ってこさせるための……っ！　げほっ、ごほっ！」

「――っ⁉　イドラ！」

「精確な地形データの収集と……綿密な作戦……おまけにそれを実行するほどの飛行練度……こいつら、ただの空賊じゃねぇ……ぞ」

「イドラ、どこにいる⁉」

「よく見ろよ。離れちまったが、いつも俺はお前の八時にいるぜ」

左後方を確認……いた。緑と橙、二体の《竜》に追われるラインムートの姿だ。

その首の付け根にあるコクピットには、先の襲撃で《爪》を浴びせられたのか、幾つもの穴が開いていた。左右の主翼も、見るも無惨に鱗が引き剝がされている。

ロナードの全身から、ぞっと血の気が引いた。

重力に飲み込まれ、どこまでも墜《お》ちていくような感覚。

繫《つな》がっていた糸が切れ、取り返しがつかなくなるような感覚。

七年前、大戦時に嫌というほど味わった、仲間が死ぬときの予感だ。

気付けば、ロナードは叫んでいた。

「こちらエケクルス！　管制官、増援を求む！　状況が変わった。アンノウンの数は四。緑竜、二。青竜《せいりゅう》、一。橙竜《とうりゅう》、一！　ラインムートが被弾――！」

言い終わらないうちに、背後から殺気。

反射的にブレイク機動に入ると、紙一重でエケクルスが《爪》の豪雨をすり抜けた。

残りの緑竜と青竜はこちらに狙いを定めたようだ。

長機と僚機を分断し、二対一の戦況に持ち込んでそれぞれを撃墜するつもりだろう。

数の利を活《い》かした、手堅い戦術。シンプル故に、小手先で覆すのは困難だ。

ロナードは切り返し《シザース》で《爪》の猛攻をかいくぐり、ラインムートに接近しようと試みる。

「イドラ、高度が下がってる！　しっかりしろ！」

「仕方ねぇ……だろ。《竜》とのシンクロも切れかかってんだ」

ふらふらと、まるで雛鳥《ひなどり》のように弱々しく飛ぶ姿に、もはや空の覇者としての《竜》の威厳はない。そんな状態になってもなお、追尾する《竜》は攻撃の手を緩めず、猛禽《もうきん》の如くじわじわとラインムートをいたぶっていった。

「へへ……手汗がすげぇと思ったら……これ、全部……俺の血かよ。笑えるぜ」

「どうして、俺への警告を優先した！　そっちに意識を取られてなきゃ」

「ばぁか……俺もギリギリまで、気付けなかった。どのみち避けられなかったよ。お前の言う、ただの機首上げも……ロクに出来ねぇ、平凡なパイロットだからな」

数度のせき込みの後、吐血する音が角越しに走る。イドラは既に飛んでいることが奇跡のような状況だ。

「ところでロナードよぉ。他人の心配……してる場合か？　お前も六時……取られかかってんじゃねーか」

こちらを煽《あお》るように、イドラは鼻で笑った。

エケクルスを追尾する二体は、互いに高度に差をつけてほぼ真横に並んでいる。

別大陸《ブルート》の竜騎が得意とする横一列編隊《アブレスト・フォーメーション》だ。

逃れようとハイGターンを入れると、すかさず緑竜がバンクさせてアンロード加速に入る。

判断の早いパイロットだ。振り切れない。

と、ロナードはもう一体がいないことに気が付いた。注意を背後から前方に向けると、青竜は既にこちらの軌道を読んで、未来位置へ張り付いている。このままターンを続ければ的になりに行くようなものだ。戦況は完全に詰んでいた。

「さすがのエースパイロットさんも、どうにもならねぇか……へっ！　いいぜ、心配すんな。お前を待ち伏せしてる奴は、俺が引きはがしてやる！」

「……何をするつもりだ？」

イドラのドッグファイトはほぼ消化試合へと移行していた。紫竜の強みであるスピードは被弾によって落ち込み、逃げ切るエネルギーを残していない。後方を取った二体の竜は、既に《爪》の照準操作に入っている。ラインムートは身体を切り返すと、ランダムなロール機動を繰り返した。

「先に逝った仲間《あいつら》と同じになって、やっと分かったよ。ロナード」

「やめろ……」

こちらに針路を取ったラインムートを見て、ロナードはイドラの考えを悟った。

空戦とは、精巧に作られた盤上のゲームみたいなものだ。

《竜》は自由自在に飛んでいるように見えるが、実際は制限があり、弱点がある。戦場で勝利するために取るべき機動が決まってくるのは、当然の帰結だ。だからこそ、空戦では機動から相手の意図を読むことができ、逆に読まれることもある。

だが、もし選択肢にない行動を相手が取ったとしたら。

意図の読めない機動をぶつけてきたら。

イドラがこれから行おうとしていることは、まさにそれであった。

「お前は誰からも……」

「イドラ！　よせっ！」

十時から獲物を虎視《こし》眈々《たんたん》と狙う青竜は、全神経をエケクルスへと集中させていた。最初の奇襲で紫竜のコクピットを貫いた故の慢心だろう。既に敵僚機のパイロットは息絶えたものとたかをくっていた。

だからこそ、猛スピードでつっこんでくるラインムートを見つけるのが遅れたのだ。

勢いを殺さず青竜の腹目がけて、紫竜は口を大きく開いた。

獰猛《どうもう》に並んだ歯が敵の鱗を捕らえると、喉奥に不気味な光が灯《とも》り出す。やがて、ラインムートの首が容量を超過したホースの如く膨らんだ。

光学誘導弾《ヘルファイア》――

《竜》が持つ最強のウエポンだ。膨大なエネルギーを要するため、使うタイミングを誤れば敗北に繋がる諸刃《もろは》の剣の側面もある。当然、そんなものを敵機と接触した状態で放てばどうなるのか、ロナードは結末を見届けずとも分かった。

敵の青竜諸共《もろとも》、ラインムートは爆散した。

雲よりも高い空で舞う紫の鱗が、蝶《ちょう》のように妖しく揺らめいていた。

イドラ機が撃墜された後――

予想外の攻撃に、アンノウン部隊は編隊を大きく乱すことになる。

その混乱に乗じ、エケクルスは橙竜の撃墜に成功。すると、残り二体の緑竜は針路を転換し、ＳＵ領空外へと姿を消していった。戦況を見極め、引き際を見誤らない点を鑑みるに、やはり奴らはただの空賊ではないようだ。だが、ロナードは相手の正体も目的もつかむことができなかった。

今回の戦闘で、こちらの撃墜数は二。対してアンノウンの撃墜数は一。

四対二の空中戦、さらに奇襲を仕掛けられた上でのこの戦績は称賛に値するだろう。

しかし、それはあくまで戦時中の話である。

「やってくれたな……ロナード少尉」

フレデフォート基地へと戻ったロナードは、真っ先に司令室へと召集された。

彼を待っていたのは、軍帽を深々と被《かぶ》った壮年の男性である。

鍔《つば》の奥に覗く二つの眼球からは、鋭い殺気が放たれていた。

スピネル・コランダム大佐――

フレデフォート基地の最高司令官にしてＳＵ統合参謀本部とも太いパイプを持つ、ロナード直属の上官に当たる人物だ。

「アンノウン会敵時の独断専行……それだけなら、まだ目を瞑《つぶ》ってやってもよかっただろう。だが、結果としてお前は僚機パイロット、イドラ・バーマス少尉を死なせた」

感情を表に出さない淡々とした口調であるものの、その声には確かな苛立《いらだ》ちが感じられた。

「これで、アテラ王国の王立特務飛行隊メンバーはお前一人になったというわけだ」

「あいつの……ラインムートは？」

「回収班が到着する頃には既に飛び立っていた。今頃、低軌道上で空眠《くうみん》に入っているだろう。全く、化け物じみた自己治癒力だ。人間は、こうも簡単に死ぬというのに」

一枚のモノクロ写真が机上へと放られる。若干ピントがぼやけていたものの、そこには蒼穹へ還《かえ》らんとするラインムートの後ろ姿が映っていた。

《竜》が死ぬことはない。

原理は不明だが、反例が観測されていない以上、それは認めざるを得ない事実である。

奴らは身体を貫かれようとも、爆散しようとも、その生命活動を止めることは決してない。崩壊した部分はものの数時間で再生し、不死鳥の如く再び大翼を羽ばたかせる。

故に空で死ぬのは、常にパイロットだけだ。

イドラは死んだ。他の仲間と同じように、自分のせいで。

その思考が真綿で首を絞めるように、じわじわとロナードを蝕《むしば》んでいく。

「処遇は追って知らせることになる。それまで謹慎処分としたいところだが、ちょうどいい。お前には後かたづけをしてもらおう」

　机の引き出しから何かを掴むと、スピネルはこちらに投げつけてきた。反射的にキャッチすると、手のひらに冷気を覚える。金属特有のそれは、死を想起させるものだった。

「イドラ少尉の遺品を、遺族に届けてこい」

　持ち主がいなくなった部屋の鍵が、ロナードの手の上で鈍く光り輝いていた。


　フレデフォート基地からバスで西に一時間。港を見下ろせる小高い丘に、竜騎の共同墓地が広がっていた。隊列を組むように精緻に並ぶ墓標は無機的であり、まるで生命の名残を感じさせない。それもそのはず。墓石の下には何も埋まっていないのだから。

　竜騎が空戦の最中に命を落とした場合、遺体が残るケースはほとんどない。彼らの死に場所の高度と速度から、無理からぬ事だろう。

　イドラも、その例外ではなかった。

　彼の場合、超至近距離での光学誘導弾《ヘルファイア》使用によって、身体はコクピットごと大気に溶けてしまった。

　もう彼は、どこにもいない。

「殉職の責任は、自分にあります」

ロナードは一緒に墓地に参っていた隣の女性へ深々と頭を下げた。

彼女は夫の遺品が詰まったリュックを抱きしめ、堪えるように肩を震わせていた。

「お悔やみ申し上げます」とも「立派な最期でした」ともロナードは言えなかった。ただ、重い十字架がのしかかったような感覚が、体を押しつぶしていった。

いっそのこと、ここで彼女が謗《そし》ってくれれば、どれほど救われただろうか。

「主人が……いつも話していました。気の置けない同僚がいると」

だが、イドラの妻は涙を堪えて聖母のような笑みを作るだけだった。

「顔を上げてください。私があなたを責めてしまったら、あの人に怒られてしまいます。それに、ロナードさん。もう、戦争は終わったんです。誰かを憎む時代は終わったんですよ」

良心から発せられた優しい言葉たち。

その尽《ことごと》くが、ボタンをかけ違うようにすれ違い、ロナードの胸中を抉《えぐ》っていった。

「主人やあなたのような人たちがそれを築いてくれたんです。だから、ロナードさん、主人の分まで生きてやってください」

すすり泣きながら墓地を後にする彼女を見送り、ロナードはぼんやりと天を仰いだ。

仲間は死んだ。時代も変わった。どちらからも取り残された自分に、もはや居場所などない。

あるとすれば、それは空の戦場だけだ。

生死の狭間《はざま》に身を置くことで、自分だけ生き残ってしまった罪と向き合うことができた。

世界への違和感も、命のやりとりをしている間は忘れることができた。

本当は、空で死にたかった。死んでいった仲間が待つ空で。

世界が変わっても自分を受け入れてくれる空で。

「ロナード・フォーゲル少尉。貴官の処遇が決まった」

空で戦って死ぬこと。

それが、ロナードの生きる理由だった。

故に、後日スピネルに呼び出された際、ロナードは思った。

「不名誉除隊だ」

空という唯一の居場所を取り上げるその処分は、死刑宣告に等しいものだと。

章間

醒暦1999年　4月1日　PM01：15

彼女は、まるで嵐のように現れた。

「ここで一番強い奴《やつ》は誰だ？」

その声が飛行場の談話室に響いたのは、春のこと。

ソラーレ大戦が始まって、ちょうど一年が経《た》とうかという頃だった。

ロナード達《たち》は当時、地政学的重要拠点＝チェサンピーク海峡の防衛任務に当たっていた。

クロン－ユピター連合の物量にものを言わせた侵攻作戦に首の皮一枚で耐え抜き、先日ようやく退却させることに成功したばかりであった。

長い激戦の末に訪れた、久しぶりの待機命令。さすがのロナードも、今日ばかりはゆっくりと身体《からだ》を癒《いや》したいと思っていた。だが、突如現れた人物がそれを許さなかった。

「あぁ、名乗る方が先だったな。ボクはリコ。リコ・エングニス。階級は大尉。本日付けで、アテラ王国王立特務飛行隊の隊長に着任した」

彼女の言葉に談話室の数名が困惑して、ざわつき始めた。

イドラは読んでいた本を閉じ、隣にいたロナードへひそひそと声をかける。

「新しい隊長？　ロナード、なんか聞いてるか？」

「お前と同じだ。何も知らない」

自らを隊長だと言って入ってきたのは、雪のように白い肌と髪を持った女性。吸い込まれそうな琥珀《こはく》色の双眸《そうぼう》は、アテラの同盟国＝ヴェニウスの国民によく見られるものだ。整った顔立ちと、傷一つないなめらかな肌。人形にも似たその容姿は芸術品めいていて、とても軍人とは思えない。

いや、それよりも……

ロナードは顎を下げ、リコと名乗る女性の足下へと視線を送る。

彼女の足先は地面に着いておらず、ちょこんと車いすの足置きに乗っていた。容姿以前に、そもそも彼女が戦えるようには見えなかった。

「前隊長の……後任ということですか？」

「だから、そうだと言っているだろう？　彼は今、敵前逃亡の罪に問われて、軍法会議の真っ最中だ。だから人員補填として、ボクに新隊長のお鉢が回ってきたのさ」

状況説明に飽きたとばかりに、その女……リコはひらひらと手を振った。

「さぁ、これでいいだろう。話を戻そう。ここで一番強い奴は、一体誰なんだ？　あぁ、もちろん肉弾戦じゃなくて空中戦の話だ。自慢じゃないが、ボクは殴り合いで勝てたためしがない」

獲物を見定めるように、リコは車いすに座ったまま ぐるりと隊員を見回した。

何を考えているのかは分からないが、絡まれると面倒臭いことになるのは間違いない。

ロナードは聞こえないふりをしようと、手に持った雑誌に顔を向け――

「それなら、俺の隣にいる奴だと思いますよ。隊長様」

にやにやと笑みを浮かべたイドラが、親指をロナードに向ける。ロナードは耳打ちした。

「イドラ、どうして俺に振る」

「的外れでもないだろ？　ウチのエースと言えば誰もがお前を挙げると思うぜ。それに……」

「それに？」

「美しい女性が欲しがっているものを差し出すのは、紳士として当然だろ？」

「……聞いた俺がバカだった」

今から誤魔化すのは不可能だ。リコはこちらに興味を持ち、車いすを寄せてきた。

「ふぅん……キミが？　名前は？」

「ロナード・フォーゲル。階級は軍曹であります」

「わかった、ロンだな！　よし、それじゃ早速飛ぶぞ。ついてこい！」

ぐいっとロナードの襟首がリコに引っ張られる。全く訳が分からずロナードは説明を求めた。

「ほ、本日の任務は別命があるまで待機のはずでは？」

「任務じゃないさ。これからボクと模擬戦につきあってもらう。一対一の決闘だ！」

「はぁ⁉　どうして……で、ありますか？」

荒唐無稽で支離滅裂な内容のオンパレードに、さすがのロナードも動揺を隠せない。

するとリコは自信満々に答えてくれた。

「新しい職場に早く馴染《なじ》むためさ。どこの馬の骨とも知れない女がぽっと出てきて、これからキミたちに命令を下すんだ。いくら上からの命令とは言え、それなりの実力を示しておかないと、そっちも納得できないいんじゃないか？」

　隣でイドラがくくっと笑いを堪える。

「一番強い奴をご指名で決闘を挑むたぁ、道場破りかよ。こりゃ……おもしろくなってきたな」

「お前は少し口を閉じてろ」

状況を面白がっているイドラに、ロナードは抗議する。だが、リコはそんな二人を無視して、ロナードを無理矢理引っ張った。

「さぁ、さっさと行くぞ」

「し、しかし！　許可のない《竜》での飛翔《ひしょう》は軍規に……」

「心配するな。交換したコクピットの耐久テストと称して許可を取ってある。整備班にも説明済みだ。それとも……」

悪戯《いたずら》っぽい微笑が咲いた。色素の薄い唇の間から、チロリと八重歯が覗《のぞ》く。

「負けるのが怖いのかい？」

その言葉は苛立《いらだ》ちのロウソクに火をつけ、ロナードはまんまと乗せられたのであった。

数分後——

二人は互いの愛竜に乗り込み、上空で平行飛翔に入っていた。

「いい藍竜《らんりゅう》じゃないか。その子の名前は？」

「エケクルスです」

「名前もいいな。ちなみにボクの赤竜《せきりゅう》はカタリナ。仲良くしてやってくれ」

「仲良くと言われましても……」

《竜》と人間のコミュニケーションが認められた事例は、いまだに報告されていない。そもそも、この生命体に知性が備わっているかどうかすら怪しいというのに。

「ところでロン。キミはどうして竜騎になったんだ？」

「それは……竜騎として戦果を挙げることで、この国に尽くせると考えたからであります」

しばしの沈黙の後、角越しに聞こえてきたのはため息だった。

「……つまらないな」

「は？」

「実につまらない。いや、いっそのこと包み隠さず言ってやろう。なんて下らない理由だ！　教科書の読み上げマシンか？　キミは！」

　まさか、真っ向から否定されるとは思わなかった。

　愛国精神に殉じる言葉は、ほめられこそすれ貶《けな》される筋合いはない。敵味方問わずこの大陸の多くの人間が、この思想に則《のっと》っているというのに。

「で、では……隊長はどうして？」

「ふむ。正直、戦いは嫌いなんだけどね。でも、それを差し引いても、面白いんだ」

「面白い……？」

「だって、考えてもみなよ。ドラゴンの背中に乗って、自由に空を駆け回るんだぜ。これ以上にワクワクする事なんて、そうはないだろ！　理由なんて、それだけで十分だ」

　ロナードは眉をひそめ、確信した。やはり、彼女のことは好きになれそうにない。

　自分本位で、己の愉悦しか追求しない姿勢には、うんざりさせられる。

　だから、ロナードはどうにかして彼女の鼻を明かしてやろうと考えた。

「隊長。決闘を行うからには、何か賭けてみませんか？」

「おっ、いいね。なら、勝った方が負けた方に何でも一つ命令できる、というのはどうだい？」

「分かりました。なら俺が勝ったら、リコ大尉……これまでのような言動、行動は今後慎み、軍人らしく振る舞ってください」

「お固いなぁ、キミは。もしかしてさっきの言葉、地雷だった？　まぁ、構わないよ。それじゃあ、ボクが勝ったらそうだな……」
ふふっと笑いをこぼし、リコはカタリナの身体を左右に揺らした。
その様子は、何かよからぬ事を思いついた少女のようであった。
「キミにボクの身の回りの世話をしてもらおうか」
十分後、模擬戦は終了した。
飛行場に帰って初めてロナードがしたことは、リコの私服の洗濯だった。

空冥の竜騎

Dragon-Knight Streaking through the Sky

二章

醒暦2007年　10月1日　PM00：30

シエルは大きな欠伸《あくび》とともに、目をこすった。席からはガタンゴトンと軽快なリズムが繰り返し伝わってきて、まどろみに浸っていた意識が徐々に明瞭さを帯びていった。

「あ……シエル、起きた」

目覚めたシエルの視界に映ったのは、友人のモアナだった。

モアナの銀縁の眼鏡から覗《のぞ》くピーコックグリーンの瞳が、じっとシエルを捉えている。

「おはようモアナ。列車、今どのへん走ってる？」

「ちょうどロロディ大橋が見えてきたところ」

都市部を抜けてからというもの、車窓に映る景色は長らく常緑樹林が支配していた。

ソラーレの内陸国でよく見られる、いわゆる「黒い森」である。

無限に続くように思われた木々の壁は、湖に近づくにつれて徐々に車窓から消えていった。

視界が晴れて最初に飛び込んできたのは、エメラルドグリーンに輝く広大な湖＝ロロディ湖。遥《はる》か昔、地殻運動によって形成されたとされるこの湖は、ネテウ公国最大の淡水湖だ。

　線路はその湖上に浮かぶ島へと橋を伝って続いていた。終着駅があるロロディ島は、中世期には国内の水運の拠点として栄えた場所である。大戦時には竜騎の航空基地として運用され、その流れを継承するように、五年前にソラーレ中央士官学校が設立された。

　つまり、この路線は士官学校専用の一本道で、乗客は全て学校関係者ということになる。

　シエルらも例外ではなく、士官学校予科二年の生徒だ。列車内には同世代の十五〜十八歳の女生徒の姿が目立つ。皆、長期休暇を終えて寮へと戻る最中だった。

「ほら、学園が見えてきた」

　列車が湖上へとかけられた吊《つ》り橋《ばし》に差し掛かる。

　わずかだが、島に城のような施設の輪郭が見て取れた。

「ずいぶんとぐっすり眠ってたな。昨日は眠れなかったのか？」

　通路を挟んだ向かいの席から、ハキハキとした声が届く。シエル、モアナと同じく予科二年のウィリーだ。高く結ばれた黄金色のポニーテールが、窓から入り込む風によって涼しげに揺れている。

「うん、学校が楽しみすぎて」

「小学校初登校の子供か……」

「だって、今期からいよいよ竜学と竜術が始まるんだよ！」

感情が昂《たか》ぶるまま、シエルはグイッと身を乗り出した。

「自分の《竜》を見つける実習もあるし……マイスイートドラゴンの名前は何にしようかな〜」

まだ見ぬ愛竜に思いを馳《は》せ、シエルは完全に自分の世界に入っていた。

「シエルは《竜》のことになると相変わらずだな。この前、見学したフレデフォート基地でも大はしゃぎしていたし。ただ、《竜》の捕獲は初の実習ではほとんど失敗するって話だ。あまり期待しない方が……」

「たくさん練習すれば大丈夫だよ」

「前期はそれで、シミュレータ使いすぎて叱られたと思うけど……」

「こ、今度はバレないようにやるから！」

「そういう問題じゃないだろ」

ウィリーは苦笑し、モアナは肩を落とした。一度こうと決めたシエルを止めるのは難しい。

「それに、クリス先生なら反省文程度で済ませてくれるかな〜……なんて」

「……あれ、聞いてないのか？　私達《わたしたち》の竜学の担当はクリス先生じゃないぞ」

「えっ、そうなの？　モアナ、知ってた？」

「知らないし、興味ない。でも、通知は来てた。今期から着任する新しい先生だったはず」

「そうそう。元SU空軍のパイロットで、名前は確か、ロナ……」

ウィリーが言い終わらないうちに、突如車内に放送がかかった。

「これより急停止します。乗客の皆さん、どこかに摑《つか》まって衝撃に備えてください！」

言うが早いか、シエル達を強烈なGが襲う。

慣性の法則にあらがえず前へと押し出されそうになるところを、三人で身を寄せ合ってどうにか耐えた。車内では荷物が散乱し、車輪と線路が鋭い音を響かせた。

「っ痛《い》たた……な、何だ？」

衝撃が収まり、列車は湖上にかかる橋の上で完全に停止した。

ウィリーは周囲を確認してみる。幸いけが人はいないようだが、不安の声が上がっている。

ここまで強く急ブレーキをかけた理由は何だろうか。

真っ先に考えられるのは線路上の障害物だが。

ウィリーは窓ガラスを上へとスライドし、頭を出して前方を覗いてみた。しかし、それらしい物は見当たらない。あるのは列車が走る鉄道橋と、島、それを取り巻く湖だけ。

「ウィリー？　何か見える？」

モアナが問いかける。

「いや、何にも。線路もどこか壊れてるって訳じゃなさそうだが……」

言い掛けて、ウィリーは視界の端に動く影をとらえた。下の方だ。湖面に視線を這《は》わせると、黒い大きな影が猛スピードで弧を描いている。ロロディ湖にこのサイズの動物はいない。とすると上空を舞う何かが、湖に影を落としているのだろうか。

「……《竜》?」

直感的に出た言葉は、モアナから即座に否定された。

「違う。この風切り音……プロペラ!」

ブォンという、虫の羽音を何千倍にも増大させたかのような二つの轟音《ごうおん》。

その主は、鉄道橋上で立ち往生する列車の真横を通過し、威嚇の意志を示していった。

「レシプロ機、しかも二機だって⁉」

ウィリーの双眸《そうぼう》が、大きく開かれる。

驚きを隠せないのも無理はない。レシプロ機を筆頭とした旧世代の戦闘機全般は《竜》の登場をもってその役割に幕を下ろし、以降衰退の一途を辿《たど》っている。生産する工場も大陸内で数えるほどしか残っておらず、いまや風前《ふうぜん》の灯火《ともしび》だ。

威嚇してきた相手が、そんな骨董品《こっとうひん》をわざわざ使ってきたのには、信条的な理由があった。

「先程のものは警告射撃である。次は橋ごと列車を撃ち抜く! 我々は《辰神教団《シンシンシン》》。神聖なる《竜》を汚らわしい粘菌で冒し、あまつさえ隷属させんとする蛮族を殲滅《せんめつ》する聖戦士である!」

航空機の片方から発せられた怒号が、車掌室の無線を経由して車内へ伝わる。多少ノイズが挟まっているものの、これがどういう主旨のものかウィリーには分かった。

「これって犯行声明……だよな？」

幼少期に終わりを迎えた大戦を最後に、ウィリーたちは長らく平穏に過ごしてきた。故に、今目の前に迫る戦いに現実味を感じることは難しい。

「辰神教団とか言ってたが、何なんだ？」

「前に授業で習ったはず。竜騎反対を掲げるテロリスト。元は星霜《セイソウ》教系のカルトで、最近は航空機事業で失敗した人たちも取り込み拡大中」

「モアナ！　落ち着いて解説してる場合か！」

「何なんだ？　って聞かれたのに……理不尽」

そこでウィリーは、これまでの会話にシエルが加わっていないことに気が付いた。彼女は客席の間に身を屈《かが》め、小刻みに肩を震わせている。

「……おい、シエル。大丈夫か？」

「ウィリー？　ご、ごめん。私……腰抜けちゃって」

気丈に笑顔を作ってみせるものの、彼女の真っ青な顔には冷や汗がじっとりと滲《にじ》んでいた。無理をしているということは一目瞭然である。

呼吸も浅く、その間隔がどんどん狭まっていく。彼女がパニックに陥る寸前、モアナはそっとシエルの手を握った。

「シエル、安心して。もう怖がる必要はない」

「……え？」

モアナは瞳を閉じ、手を近づけて耳をそばだててみせた。

「聞こえているか、士官学校の愚か者共！　我々の要求はただ一つ。神獣《竜》の解放である！　今から一時間以内に、そちらが保有する全ての《竜》を空へと返せ。さもなくば、列車内の生徒の命は――」

ブツン――

怒号の奔流はダムにせき止められたかのように途絶えた。

次いで、爆発音が轟《とどろ》く。

黒煙を上げる戦闘機が一機、水上に落下していく様が車窓にはっきりと映った。

「《竜》だ！」

レシプロ機を襲撃したものは、突如としてその姿を現した。

藍竜《らんりゅう》の巻き上げる旋風が水面を波立たせ、飛翔《ひしょう》の軌跡を湖に刻んでいく。

残ったレシプロ機は慌てて列車に接近しようとしたが、《爪》《バルカン》によって牽制《けんせい》され、あえなく針路を逸《そ》らす他なかった。二つの飛翔体はそのまま中立《ニュートラル》に戦闘を開始した。

通常、レシプロ機と《竜》では後者が速すぎるため、戦いは一方的になりがちだ。

だが現在、藍竜は列車という防衛目標を抱えている。敵との距離が開きすぎれば、その分防衛が困難になるため、いたずらに超音速は使えない。

故に、藍竜は相手と同じスケールで戦うという選択を取った。

主翼の後退角を下げ、胴に対して垂直に広げる。膝の吸気器官は絞り、推力を最低に調整。

あえてレシプロ機並みのスペックへと能力を落とし、藍竜は相手の前に出る。

列車の存在など忘れるくらい、格好の獲物を演じようと。

「おいおい、大丈夫か？　《竜》の方……六時を取られてるぞ」

「違う。あれは、トラップ」

モアナの予測は見事的中することになる。

バンクしたまま前方を飛翔する藍竜は、いつの間にか敵機をオーバーシュートさせることに成功していた。別段、目立った飛行機動《マニューバ》が繰り広げられた形跡はない。敵機は独りでに後方占位する側から、される側へと移ったのだ。その経緯は、残念ながら列車内から観察する限りでは分からなかった。

形勢が逆転した瞬間、藍竜は躊躇《ちゅうちょ》なく《爪》を発射。ベイルアウトの間もなく、全弾が敵機の装甲に叩《たた》き込《こ》まれていく。

やがて湖に落ちる虫のように、レシプロ機は水底へと姿を消していった。

「……すごい」

好奇心が恐怖に打ち勝ったのだろうか。それまでモアナにしがみついていたシエルは、一人で立ち上がり、車窓から身を乗り出していた。

「どんな人が乗ってるんだろう？」

琥珀《こはく》色の双眸は蒼穹《そうきゅう》を舞う《竜》に釘付《くぎづ》けになっていた。

＊＊＊

向けられた視線の先。《竜》の防風内《キャノピー》。

「こちらエケクルス。戦闘終了」

ロナードは必要最低限の報告を士官学校の司令塔へと送る。まさか、初めての交信が実戦で行われることになるとは。先が思いやられると、ロナードはため息を吐いた。

「見事な立ち回りだったね。助かったよ。着任早々からご苦労さま、ロナード少尉」

角越しに届いたのは、物腰柔らかな青年の声。

胡散臭《うさんくさ》くて、仲良くなれそうにない。それが、ロナードの抱いた第一印象だった。

「いや。今日からはこう呼ぶべきだね……ロナード先生」

航空機との空中戦で見事勝利を収めたロナードは、無線の声に案内されるがまま、湖上の島＝士官学校の擁する滑走路へと案内された。

その間、ロナードは現在に至るまでの経緯を回想していた。


――――――

「不名誉、除隊……？」

あの日、上官から処分を突きつけられた瞬間、ロナードの頭は真っ白になっていた。

「つまり俺は……軍籍を剝奪される、ということですか？」

ロナードにとっての空は、魚にとっての水のようなものだ。それを取り上げられるというのだから、背中に走った悪寒は計り知れない。

「そうだ。当然、《竜》との契約《エンゲージ》も解消してもらう。これはアテラ空軍司令部の決定事項だ。当然その中には私の意見も含まれている。が、しかし……」

革製の椅子にどっしりと腰を下ろし、スピネルは天井を仰ぐ。目頭を揉《も》むその姿からは、悩ましさがにじみ出ていた。

「今回の失態を差し引いてもなお、貴様の乗竜技術は戦略的に価値がある。プルートの侵攻を阻止するためにも、ここで切り捨てるのは惜しい。そこで、お前にチャンスを作ってやった」

引き出しからパイプを取り出し、スピネルはマッチの火を火皿へと落とす。妖しげに漂う白い煙からはクリームのような甘ったるい香りがして、ロナードは思わず顔をしかめた。

「ロナード・フォーゲル少尉。貴官の軍籍をアテラ空軍からソラーレ防衛共同体に移す。異動先は、ソラーレ中央士官学校だ」

汚名返上の機会を得るため遠方へ左遷されるという事態は、十分予想できる内容だった。

　しかし、その場所は予想の範囲を飛びぬけていた。

「そこは、イドラが着任するはずだった……」

「そうだ。貴様が奴《やつ》を死なせたせいで、教師の席に空きができた。だから、責任をとって貴様がその席に座れ……簡潔に言えば、こういうことになる」

　スピネルの語る理屈は通っているように聞こえるが、少し考えてみれば全くの筋違いだ。

　確かに、イドラが殉職したことで士官学校の教師に欠員が出たのは事実だろう。だが、だからといってロナードのような軍歴一辺倒の人間を教師として補塡する意図が分からない。教育の経験も意欲もない人材をよこされても、向こうは迷惑なだけではないか。

「なぜ、俺が……？　教師なら、他に適任がいるはずでは？」

「その質問に答える気はない。貴様に関係のないことだからな。確かなことはこの辞令を拒否すれば司令部の決定通り、貴様は軍籍を剝奪されるということだ。だが……」

　そこで言葉を切り、両手を組んでスピネルはロナードをのぞき込んできた。

「ここで私が望む成果を出せば、貴様を空軍へ復帰させると約束しよう。転属先として希望していた、プルートとの緊張が絶えない国境付近の駐屯地にな」

　ロナードの指先がピクリと反応する。その条件は、彼にとって魅力的なものだった。

　なるほど、スピネルという男はこうして人を操り、そして成り上がってきたのだろう。

飴《あめ》と鞭《むち》。その両者を絶妙なさじ加減で提供し、結果として己の思惑を突き通してきたのだ。

「さぁ、選べ。このまま軍を辞めて野垂れ死ぬか？　それとも、仲間が待つ空で死ぬか？」

ロナードがどちらを選んだか。

こうして士官学校内を案内されている現在が、その答えだった。

「学園長。ロナード先生をお連れしました」

回想から引き戻されたロナードが足を踏み入れたのは、士官学校校舎の最上階の一室。先導する青年に連れられた部屋で待っていたのは、一人の大柄な老人だった。

「おぉ……ご苦労、ご苦労。初めまして、ロナード・フォーゲル君。ようこそ、ソラーレ士官学校へ。ワシはここの学園長を務めている、オーガスティン・ファーガンハイトだ」

そう言って老人、もといオーガスティンは立ち上がると、こちらに歩み寄ってきた。

服の上からでも分かる鍛え抜かれた筋肉、頬に走る深い古傷、左足をかばう目的で握られたステッキ。そのどれもが、くぐり抜けてきた戦いの苛烈さを物語っている。穏やかな雰囲気とは裏腹に、その立ち居振る舞いからは、溢《あふ》れんばかりの覇気が感じられた。

「君がウチに赴任した経緯については耳にしている。どうもスピネルに相当振り回されたようではないか？」

「……スピネル大佐を、ご存知で？」

「あぁ、ワシは大戦時、ユピター空軍で西部戦線を担当していた。彼とはそこで何度も戦いを繰り広げたものだよ。ワシもスピネルも、佐官でありながら最前線に飛び出すタイプでなぁ。もしかしたら、何度か《竜》ですれ違ったかもしれん」

はっはっはっ、と高笑いを上げるオーガスティン。

かつて命のやりとりをした相手をこうも友人のように語れるとは、恐ろしい神経の持ち主だ。

「すれ違った……か。もしかしたら、僕たちもそうかもしれないね？」

と、それまで沈黙を貫いてきた青年が口を開く。さわやかな声色は無線機でロナードを誘導してくれたものだった。

「あぁ、紹介が遅れたな。彼はクリス・ブルース。役職は君と同じ教師だ」

オーガスティンの紹介を受けて、クリスはロナードに手を伸ばしてくる。

「よろしく、ロナード先生」

曇天を思わせる鈍色のミディアムヘアの下には、清々《すがすが》しい微笑が咲いていた。笑顔を形作る片方の目には黒い眼帯が当てられている。

背はロナードとそう変わらない。姿勢の良さとこめかみに残るインターフェイスの痕。

彼もまたロナードと同じパイロットだろう。

　ロナードはわずかばかり相手を観察した後、握手に応じた。友好の証《あかし》というより話を進めるための事務的な動作だった。

「クリス君はロナード君と同い年で、経歴も近い。きっと気が合うだろう。ここの生活に慣れるまで、分からないことは彼に聞くといい。彼は予科コースの社会系の座学を担当している。君には、座学の竜学と、実技の竜術の指導を担当してもらうつもりだが……やれそうかね？」

「命令であれば、遂行するのみです」

「はっはっはっ！　よきかな、よきかな！　いい返事だ。しかし、最初に助言しておこうロナード君。ＳＤＣ直轄組織とは言え、ここの風紀は軍のそれと大きく異なる。郷に入っては郷に従え。早くここに馴染《なじ》みたければ、軍隊仕込みの固い態度も徐々に和らげていくことだ」

　校舎に足を踏み入れた時点で、雰囲気が違うことはロナードも分かっていた。

　ソラーレ中央士官学校は建前上軍事施設に分類されるが、実際の立ち位置はきわめて特殊だ。竜騎パイロット育成、《竜》の生態研究という軍事的、研究的役割がある一方、ここは大陸融和の象徴という社会的役割も担っている。

　かつてバラバラだった大陸八ヵ国が手を取り合い、次世代を担う若者が同じ学《まな》び舎《や》で青春を謳歌《おうか》する。そのイメージ通り、施設には比較的穏和な空気が醸成されていた。こうなったのはおそらく、融和路線で得をする政治家や出資者の意向だろう。

「命令であれば……善処します」

オーガスティンの助言を受けてなお、ロナードはそれまでの姿勢を貫く意志表示をした。

元よりここに馴染む気などない。この施設は所詮、通過点。空という死に場所へ戻るための踏み台に過ぎない。

ロナードは敬礼すると身を翻《ひるがえ》し、学園長の居室を後にした。

己に殻を纏《まと》うように、しっかりと扉を閉めて。

＊＊＊

「さて、クリス君……彼をどう見る？」

ロナードが去り、残された二人は閉ざされたドアを見据える。

「ハリネズミのように、ずいぶんとこちらを警戒していたようだが……」

やや懸念を含んだオーガスティンに対して、クリスは変わらず微笑を浮かべていた。

「不本意な異動ですから最初はこんなものでしょう。でも、だからこそ……彼にとってきっとここは良い居《い》場所になると思いますよ」

瞼《まぶた》を閉じ、青年は数分前を思い出す。

ロナードがクリスを観察していた時、クリスもまたロナードを観察していた。

周囲を寄せ付けようとしない、難攻不落の城塞めいたオーラ。ハリネズミという例えは言い得て妙だ。確かに、すぐ打ち解けるのは難しく思える。

しかし、闇のように黒い髪の間から覗いた彼の瞳には、計り知れない憂いが濃縮されていた。それをクリスは見逃さなかった。まるで、数年前の自分を鏡で見たような心地だった。

「大丈夫ですよ。彼は、きっと僕と同じですから」

＊＊＊

翌日、秋学期一日目。

予科二年の講義室には、ざわざわと落ち着かない雰囲気が漂っていた。

「なぁ、シエル……後ろのイケメン、誰だ？」

「わかんないけど。転校生、じゃないよね」

「制服じゃないし、たぶん」

生徒達がちらちらと目配せを行う先は、講義室の後方壁際である。

そこには、鋭い眼光を放つ青年が直立不動を維持していた。遠目からうかがえば、ショーケースを飾るマネキンに見間違えてしまうだろう。顔色は落ち着いているため、緊張で固まっているというわけではなさそうだ。

彼の周囲を漂う空気は、磨かれ抜いた鋼のように、凜《りん》とした冷たさを帯びていた。

「さて、そろそろ時間だ。皆、席について。今日は後ろで新任のロナード先生が見学しているから、気を抜かないように」

定刻通り教壇に現れたクリスは慣れたように手を叩き、生徒達をなだめた。彼が口にしたのは最低限の補足であったが、それまでざわついていた空気を落ち着かせるには十分だった。

雑談をしていた生徒の口は閉じられ、集中のスイッチがオフからオンへと切り替わる。場の空気を先導するクリスの手腕を、ロナードは感心しつつ観察していた。

「前期は教科書の120ページまで進んだね。今回は1999年から……プルートの侵攻、そしてSU設立へと至る歴史を追っていこう」

クリスが教鞭《きょうべん》を執っているのは民主革命期以降の歴史、すなわち近現代史の授業だ。各国の封建体制崩壊、産業革命と《竜》の登場、そしてソラーレ大戦。歴史の中でも、今へとつながる数多くの出来事を扱っている科目である。

クリスは基本的に教科書の流れを汲《く》みつつ、かみ砕いた表現と抑揚をつけた語りで生徒の関心を引きつけていった。時折はさまる語呂合わせの暗記法や小話は笑いを誘い、また集中力の回復にも一役買っていた。

見学とはいえ、こうして教室で授業を受けるのは何年ぶりだろうか。

ふと、そんな疑問がロナードの頭に浮かぶ。おもむろに、記憶の水底へと手を伸ばす。

まともな教育はエレメンタリーが最後だった気がする。それ以降、世界情勢は戦争へ移行し、ロナードは持てる時間の全てを竜騎の訓練へとつぎ込んでいった。

数学や物理は砲弾を当てるための手段へと、地理や歴史は敵について知るための手段へと。富国強兵の大義名分の元、その姿形を変えてしまった。

「……と、このように別大陸《プルート》の存在が認められて半年で、数々の港街がプルートの襲撃を受け実効支配されてしまった。現在まで解放されていない地域もある。これを受けて、2000年ウラスノのカチナ市で八ヵ国間で停戦協定が結ばれたんだ。これがカチナ条約。でも当時、この協定は一時的なものと思われていた。どこも、プルートの侵攻を自国の力だけで止められると思っていたんだね」

しかし、各国の目論見《もくろみ》は大きく外れることとなる。大戦で疲弊した個々の国力では侵攻を阻止できず、プルートの実効支配地域は町から県へ、県から州へと拡大していった。

ここで声を上げたのが、現在SU議会で議長を務めるパルジオン・チャーチルであった。元々ネテウの議員であった彼は「プルート脅威論」をいち早く唱え、大陸統合への道を官民、国内外問わず呼びかけた。その後、彼を核とした融和路線の支持母体が形成され、SUの前身となるSC（Solare Community）が設立された。

わずか一年半という短期間でSUの基盤ができあがったのには、プルート侵攻という外的要因以外に、パルジオンというカリスマの存在も大きかった。

「さて、パルジオンはＳＵ設立の足がかりとしてまず、あることを行ったんだけど……それは何か？　ここはライアン君に答えてもらおうかな？」

促すようにクリスは両手を広げる。指名された三つ編みの少女が立ち上がって答えた。

「はい、ソラーレ石炭鉄鋼共同体（Ｓｏｌａｒｅ　Ｃｏａｌ＆Ｓｔｅｅｌ　Ｃｏｍｍｕｎｉｔｙ：ＳＣＳＣ）の成立です」

緩んだ口元から紡がれる言葉は、ソラーレ大陸西部の訛《なま》りが色濃く残っていた。

「よろしい。じゃあ、その目的は？」

「ソラーレ大陸の国家同士で再び戦争を起こさんようにするためです」

その解答に、ロナードの眉がぴくりと反応する。

懐かしさに浸っていたところに、小石を投げ込まれたような感覚。

それは徐々に、だが明確な嫌悪感を覚えさせた。

なぜそのような暗雲が胸に立ちこめたのか、ロナードは最初分からなかった。

だが、今まで浸ってきた記憶の泉を、さらに潜っていくとそのヒントが残っていた。

「どうして、石炭と鉄鋼を共同管理することが戦争防止につながるのかな？」

「それは、この二つの採掘権をめぐってソラーレ大戦が勃発したさかい……争いの原因になった原料を皆で分けっこしたら、平和になるやろうって理屈です」

ロナードの考えるものとは正反対の内容を、三つ編みの少女はすらすらと口にした。異論の声はなく、教室の誰もが今の解答を模範的なものとして受け入れていた。

それは、かつてロナードが見た光景とよく似ていた。教科書が、授業が、教師が、生徒を特定の思想へと誘導する光景。違いは結末の思想が軍国主義か平和主義かだけだ。教室に座る生徒達の後ろ姿に、ロナードは子供時代の自分を重ねる。

この子達も、自分と同じような道を辿るのだろうか。

何の疑いもなく今の正しさを鵜呑《うの》みにし、信じ続け……その結果、後世の正しさに裏切られ軋轢《あつれき》に苦しむのだろうか。

「うん、いい解答だ。よく復習して――」

「……違う」

気付けば、ロナードはのどを震わせていた。

「おや？　ロナード先生、今の答えにどこか間違いがあったかな？」

思いも寄らぬ横やりに、クリスは目を見開く。

ロナードは感情のまま、畳みかけるように続けた。

「大ありだ。ＳＣＳＣもＳＵも、元々の設立目的は参加国の相互監視にある」

全く正反対の発言に、教室がざわつく。

「資源と政治の流れを把握することで、相手が再びこちらに敵意を向けてこないか、プルートに寝返るような動きを見せないか、プルートに占領されるようなヘマをしないか……そうやって監視し合って、互いを縛り合うための組織だ。それを、平和のためだと？」

息つく暇もなく吐き出した負の感情は、もちろんクリスに向けたものではない。自分をこんな境遇に追いやった社会に、世界に向けてのものだ。いや、もしかしたら本当は純真無垢《むく》で愚かだった昔の自分に、そう言ってやりたかったのかもしれない。

いずれにしても、ロナードの言葉はこの教室の誰にも届くことはなかった。

「こんなの……プルートの洗脳と同じだ。何の意味もない」

ぐちゃぐちゃになった思考に嫌気がさし、ロナードはその場を発《た》った。

バタンと、乾いた扉の開閉音が響きわたる。

こうしてロナードは、生徒達に強烈な第一印象を植え付けていったのだった。

＊＊＊

とんでもない新任教師がやってきた。

そんな噂《うわさ》は、まるでドミノ倒しのように生徒達に次々と広がっていった。

やがて噂は《竜》のように尾鰭《おびれ》と背鰭《せびれ》を生やし、一人校内を泳ぎ始める。昼休みが到来する頃になると、もう予科生で知らぬ者はいないレベルにまでなっていた。

皆、刺激を求めているのだろう。学校という空間は総じて閉鎖的だが、ことソラーレ中央士官学校は全寮制であるが故、それに拍車がかかっている。

突然現れ強烈な印象を残していった新任教師は、そんな環境で過ごす生徒達にとって、話の種にするには格好の存在だったというわけだ。

「どこもかしこも、あの新任教師の話題で持ちきりだな」

「予科生だけじゃない。この学校全体に広がっている」

「すごいインパクトだったもんね……」

食堂の一角。湖に臨む窓際のテーブルで、シエル達三人は昼食を取っていた。この士官学校には主に三つの食堂があり、どこを使うのも自由である。だが実際は慣習的に予科生、本科生、そして教師陣にきれいに分かれ、棲《す》み分《わ》けが行われていた。

あのロナードという教師も、今は他の教師と一緒に昼食を食べているのだろうか。

シエルはふと、そんなことを考える。

脳裏に浮かぶのはやはり、一限目の授業で彼が見せた表情だ。

何かに腹を立てている一方、どこか寂しそうな、悲しそうな……そんな表情。

「でも、どうしてあんなに怒ってたんだろう？」

「さぁな……それについてはさっぱりだ」

ウィリーはそう言って鶏のササミにかぶりつく。体を鍛えることが趣味である彼女のプレートには低カロリー高タンパク質なメニューが並んでいた。

「でも、しょっぱなから意味不明なキレ方をされたライアンは災難だったと思うが……」

「ウチはそんな気にしてへんで」

ふと、シエル達へと声がかけられる。振り返ると、まるで見計らったかのようにライアンが立っていた。絹糸のような三つ編みが、振り子のように揺れている。

「むしろ秋学期初日から退屈せんくておもろかったわ」

「お前は相変わらずおおらかというか、肝が据わっているというか」

「よう言われる」

ケラケラと笑うと、ライアンはシエル達と同じテーブルについた。彼女は右手だけでリゾットランチが載るプレートを持っていた。というのも、左手には真新しい包帯がぐるぐると巻き付けられていたのだ。

「そういえば、ライアン。その左手どうしたの？」

一限目から気になっていたのか、モアナが質問する。ちなみに、彼女は小柄な見た目によらず食いしん坊で、ミートパイとオムレッとソーセージの山盛りランチである。

「あぁ、これ。ウチの工場を見とったときにちょっと事故におうてな」

「事故って、大丈夫？」

「軽い火傷《やけど》や。見た目は大げさやけど、この通り不便はしてへん」

アピールするように、ライアンはひらひらと左手を振る。彼女の実家はいくつか鉄道関連の工場を経営しており、手の傷はそこでできたと言う。たしか春学期の最終日、ホリデイは実家の手伝いをすると言っていたはずだ。

「ま、ウチのことより、あの新任教師のことや。ようけ噂になっとるで」

不敵な笑みを浮かべると、ライアンはペラペラと話し出した。

「ロナード・フォーゲル少尉。24歳独身。前職はアテラ空軍竜騎パイロット。そんで大戦時は……何とあの王立特務飛行隊に所属しとったっぽい」

「それって……超精鋭部隊じゃないか」

「噂が一人歩きしている可能性、大。情報源はあるの？」

ジトッと、目を細めてモアナが疑いの眼差《まなざ》しを向ける。

「モアナは疑《うたぐ》り深《ぶか》いなぁ……まぁ、年齢や独身って情報は聞きかじったもんやからともかく、最後のだけは確かや。先生の愛竜のコクピットに、あの部隊のエンブレムが入っとったんをこの目でちゃーんと見たさかい」

情報源はここにありと、ライアンは得意げに胸を張った。

「へぇ……ライアン、あの先生の愛竜知ってるんだ？」

「ってか、君らも見とるやろ？」

「……え？」

同意を求められて、シエルは首を傾《かし》げる。そもそもロナードという人物を知ったのが、たった数時間前なのだ。それから今までの間に彼の愛竜を目撃する機会などなかったはずだが。

「昨日の列車で戦闘機に襲われそうになった時、助けてくれた藍竜がおったやん。あれ、ロナード先生が乗ってたんやで」

「そうなの⁉」

てっきりあれは、最寄りの基地から飛んできた正規軍の《竜》かと思っていた。

シエルは驚きつつ、昨日助けてくれた存在を想起する。

二機の戦闘機を墜とした藍竜に対して抱いた感情は、畏怖よりまず憧れだった。

どこまでも広がる空を、自由自在に駆けめぐる。

何にも縛られず、重力からも解放されて、流星のように。

その姿を目の当たりにした瞬間、電流が走ったみたいに心が震えたのだ。

あんな風に、飛んでみたい……と。

「どうしたシエル？」

「ロナード先生が気になってしょうがないって顔してる」

「……そ、そうかな？」

「何なら、今から押し掛けてみよか？　ウチもあの人に聞きたいことあるし」

軽い調子でライアンが提案する。先ほど激昂《げきこう》していた男性に話しかけるのには度胸が要るが、それでもシエルの心の天秤《てんびん》は興味の方へと傾きつつあった。しかし……

『教員の呼び出しです。ロナード先生、至急学長室にお願いします』

彼女たちの会話に入り込んできたのは、ノイズ混じりの校内放送だった。

「あらら……先約が入ってもうたな」

そう残念そうに、ライアンは肩を落とした。

＊＊＊

衝動に身を任せる形で教室を飛び出したロナードは、その後あてもなく校内を徘徊《はいかい》していた。午前中に予定していた事務関連のアポイントも完全に無視してしまったが、問題行為が一つから二つに増えたところで今さらだ。そんな考えだったので、放送で呼び出されても、応じる気にはなれなかった。

「呼ばれてるよ、ロナード先生」

ロナードがクリスに見つかったのは、ちょうどそんな時だった。

予科エリアと本科エリアをつなぐ連絡橋で空を眺めていると、いつの間にか彼が隣にいた。

「行かないなら、一緒にランチでもどう?」

頑《かたく》なに黙《だん》まりを決め込むロナードをものともせず、クリスはにこやかに続ける。

「…………」

「どっちか選んでくれるまで、君について行こうかな」

「……分かった、召集に応じる」

このままだとより面倒なことになりそうだったので、しぶしぶ口を開く。

結局、ロナードは二日連続でクリスに学長室へ案内されることとなった。

ノックをして「入りたまえ」という了承を得た後、ロナードは扉を開けた。

オーガスティンは一人、部屋でジェンガに興じていた。

「キミもやるかね？」

そう投げかけられ、ロナードは積み木のタワーを見つめる。

「遠慮しておきます」

「そうか……それにしても昨日の今日で、またこうしてキミを呼び出すことになるとはなぁ」

表情の底はうかがい知れないが、苛立《いらだ》ちより呆《あき》れの色が濃く表れた声色だった。

「さて、ロナード君。召集された理由について、何か心当たりはあるかね？」

「……おおむね、理解しています」

「なるほど、自覚ありか。であれば、改善も期待できる」

ジェンガのスティックを一本引き抜き、オーガスティンは両腕を組んだ。

先日、ロナードを受け入れてくれた時とは明らかに異なる空気が部屋を飲み込む。

「この学園の秩序を築くのにワシは短くない期間、骨を折ってきた。それをキミに壊されたとあっては、面白くないのもわかるだろう」

肌にまとわりつくヒリついた感覚。今でこそ士官学校の長という地位に収まっているオーガスティンだが、大戦時はそのプレッシャーで多くの部下を従えてきたのだろう。

彼の纏う殺気めいた雰囲気は、それだけでハエくらいなら落とせそうなほどであった。

「反省はしているかね？」

ロナードを試すような物言いで、片方の眉が上がる。

弁明の機会があるとすれば、これが最後に違いなかった。

しかし、ロナードは毅然《きぜん》とした態度を崩すことなく口を開く。

「しておりません。自分は、歴史の教科書の誤りを指摘し、事実を述べたまでです」

ここで取り繕う姿勢を見せれば、まだ可能性を残せたのかもしれないが、それは彼の矜《きょう》持《じ》が許さなかった。保身のためとはいえ、自分を爪弾《つまはじ》きにした世間へこびへつらうなど。

そんな器用な真似《まね》ができるのなら、そもそもこんな状況になっていない。

オーガスティンはやれやれと肩を落とした。

「まったく、スピネルが手を焼くのもわかる。着任初日にこんな愚行を犯したのは、クリス君以来二度目だよ。彼の見立て通り、キミと彼は似たもの同士なのかもしれんな」

ロナードは耳を疑った。まさか、あの穏やかそうな青年と自分が似ていると評されようとは。

こちらは彼のような柔らかな語りも、警戒心を解く笑顔も持ち合わせていないというのに。

その発言の意図を聞き出そうとしたが、オーガスティンに先を越される。

「始末書は後々書くとして、まずは今回の失態について埋め合わせをしてもらおうか……

ああ、なに、身構えることはない。教師として一つ仕事を任せるだけだ……捕竜実習については？」

促されて、ロナードは着任前に共有された資料の内容を暗唱した。

「野良の《竜》を訓練用のレシプロ機で捕獲する、予科生の実習だと」

「そこまで知っているのなら話が早い。ちなみに、次回の捕竜実習は月末だ」

オーガスティンはまた一本、ジェンガからスティックを抜いた。あと一本でも欠ければ、タワーの倒壊は免れないだろう。危ういバランスを眺めながら、オーガスティンは続けた。

「キミには次回の実習に向けて生徒たちを指導してもらう。捕獲ノルマはそうだな……クラス全員分としておこうか」

思わずロナードの眉が上がる。

教鞭を執った経験はなくとも、それがいかに無謀であるかはわかる。竜騎としての直感が警笛を鳴らしていた。

「まともに空も飛べない子供たちに、《竜》を捕獲させろと？」

「レシプロ機の試験飛行は履修済みだ。つい、二ヵ月前だが……」

「そんなもの、飛べるうちに入りません。二、三体はまぐれで捕獲可能かもしれませんが、クラス全員ともなれば半年以上の訓練が……」

「無理難題、艱難辛苦《かんなんしんく》！　百も承知だ。しかし……キミが学園の秩序に空けた穴を考えれば、これくらいしてもらわねば、埋め合わせにならんだろ。さぁ、エースパイロットの実力、見せてもらおう」

有無を言わせぬ覇気に圧《お》され、ロナードは言葉を飲み込んだ。

オーガスティンが最後のスティックをジェンガから引き抜く。

均衡は破れ、積み木のタワーは派手に音を立てて崩れた。

「無論、できなければ、ここにも君の居場所はない」


学長室を後にしたロナードは、傾きかけた日の光を窓越しに感じながら、一人来た道を引き返していた。コツコツと響きわたる足音は鈍重で、内にくすぶる疲労を表している。肉体的ではなく心理的な疲れだろう。

軍から学校という慣れない環境への異動。それだけでも、精神がすり減るというのに。

オーガスティンから課されたノルマによって、神経は摩耗していた。

「こってり絞られたみたいだね。ご愁傷様」

階段を下っていると、踊り場の壁に身を預けたクリスがこちらを見上げていた。

眼帯に覆われていない方の目が細くなる。

「どう？　怒った学園長、結構恐《こわ》かったんじゃない？」

「お前が召集に応じろと言ったんだろう」

「僕の授業で変なことを言わなければ、そもそも怒られなかったんじゃないかな?」

清々しい正論に、ロナードは何も言い返せなかった。

仕方なく口を閉ざし、クリスの脇を通り抜ける。彼は当然のように、ロナードを追ってきた。事務棟を抜けて、屋外の芝生に出ても離れる様子はない。

「……お前、いつまでついてくるつもりだ?」

「お前じゃなくて、クリスね。ロナード先生」

そう前置きをして、彼は続ける。

「今日の担当授業は終わったから、いったん部屋に戻ろうと思って」

「なら、そうすればいい」

「だから、そうしてる」

細い並木道を抜け、学校敷地《しきち》内の外縁にさしかかる。そこにあるのは何の装飾もない簡素な建物だった。ロナードにあてがわれた教師用の宿舎である。ソラーレ中央士官学校は、職員生徒共々全寮制が敷かれており、立場ごとに別の寮が存在している。

クリスはロナードの部屋の前までやってきた。

「おい、いい加減に……」

「あれ? 気付かなかった? 君と僕の部屋、隣だよ」

クリスは得意げに部屋の鍵を回してみせる。

はぁ、とロナードの口から自然とため息がこぼれた。

「ねぇ、今日はもう暇なんだろ？　だったら、ちょっと付き合ってくれないかな？」

そう言って、クリスは自分のポケットからある物をつまみ出した。万年筆のキャップ程度の大きさのそれは黒一色で、磨かれ抜いた表面が周囲の景色を映している。一瞬それが何なのかロナードには判断が付かなかったが、先端の細工に目が留まり、チェスの駒だと分かった。

「どうして、俺がお前とチェスを打つことになる……」

「もしかしてルールが分からないのかい？」

「ルールは知っている。兵棋《へいぎ》演習で何度もやった」

「ならいいじゃないか。ずっと対戦相手がいなかったんだよ。学長はジェンガとドミノしか興味ないみたいだし」

「答えになってない。それはお前の都合だろう」

「頼むよ。対局中、君が聞きたいことに全部答えるからさ。あと、君が勝ったら一つ言うことを聞く……これでどう？」

ロナードは肩を落とした。

ここまで食い下がられては、もはや断る方が面倒くさい。

「わかった……一局だけだ」

「ありがとう」

こちらの気も知らず、クリスは嬉《うれ》しそうにロナードを招き入れた。

部屋の構造はロナードのそれと変わらないワンルームであったが、ここには人間の生活感がちゃんと根付いていた。異動間もないロナードの部屋には、箱詰めされた生活必需品の他に、古いハーモニカしかない。

部屋の中央を支配するウッドテーブルには、すでにチェス盤がセッティングされていた。

駒の配置がまばらなのを見るに、一人打ちに興じていたのだろう。

このクラシックなボードゲームは千年以上前に確立され、基本的なルールは今も変わっていない。変わったところがあるとすれば、駒の種類だけだ。

ロナードはとっ散らかった盤上を整理し、キングの隣に配置される駒を指の腹でなでた。

つい半世紀前まで、その場所にはクイーンがいたが、現在はドラゴンへと形を変えていた。縦横斜め、盤上をどこまでも飛翔する様と、駒のイメージが重なった結果だろう。

「先手、後手どっちがいい？」「先手」「ハンデは？」「不要だ」

素っ気ない返事と共に、対局の幕が上がる。

ロナードはビショップを展開させようと、白のポーンをプッシュした。

「それで、ロナード。先生一日目はどうだった？」

クリスはもったいぶって手の中で駒を回した。対局したいというのは目的の半分で、もう半分はロナードと雑談を交わしたかったのかもしれない。

「正直、色々ありすぎて……まだ混乱している」

「だろうね。僕も最初は苦労したよ。空気からして古巣とは全然違ったから」

「士官学校なんだから、曲がりなりにも軍事施設だろう……ここまで弛緩《しかん》していて良いのか？」

キャスリングをすませ、キング防衛の布陣を形成。これで攻撃に集中できる。

ロナードはナイトとビショップを展開し、主戦場を盤面の中央へと移していった。

「まぁ、それは社会的な理由もあるけれど。竜騎育成には理にかなっているらしいよ」

のらりくらりと、こちらの攻撃の手をかわしつつクリスは続ける。

「竜とのシンクロは、パイロットのストレス状態と相関しているっていう研究結果があるんだ。だから、ここは軍隊式じゃなく、普通の学校の方式を採用しているってわけ。おかげで、この学園から輩出された竜騎の適性はピカイチさ。軍隊上がりより、よっぽど上手《うま》く乗りこなしている」

「規範より効率を優先させたわけか」

「旧態依然を貫いて弱小パイロットを生み出すよりましさ」

そこでロナードは、今日の授業風景で覚えた違和感を思い出した。

「そういえば……教室の生徒がほとんど女子だったのも、似たような理由か？」

「気付いた？　そう、竜騎の適性は男性より女性の方が高い。これも、ウチの研究科が近年明らかにした科学的事実。だから、最近の予科生には女子生徒が多い……ここは最先端の《竜》研究で明らかになったことを、教育現場に即還元するフットワークの軽い環境なんだ」

プロモーションしようとしたクリスのポーンをナイトで取る。そこに相手のドラゴンが切り込んできた。こちらも負けじとドラゴンを動かし、盤上は一時、駒取り合戦の様相を見せた。

相手のキングを取る――

ロナードは、ただその一点のためだけに駒を動かす。それまでの己の人生がそうであったように。失っていく持ち駒は、全て必要な犠牲と割り切って。切り捨てて、すり減らして。

「おっと、そろそろ終局も近そうだ。他に聞きたいことは？」

クリスは大胆にもキングを前進させた。

チェックもかかっていない段階で、この手は無駄に思える。まるでこちらの出方をうかがうような一手に、思わずロナードは顔を上げた。

「やっとこっちを見てくれたね」

クリスは相変わらず微笑を浮かべていた。白い歯を見せ目尻を下げて、この一時を楽しんでいるかのように見える。だが、左の瞳には駒の色より深く重い黒が濃縮していた。

その色は良く知っていた。鏡に映る自分の双眸とそっくりだった。

「……お前は、なぜ教師をやっている？」

疑問に思った瞬間、質問は口から出ていた。

「オーガスティンに聞いた。お前も、着任初日は俺のように不祥事を起こしていたと」

「君がしでかしたことに比べたら、かすんじゃうレベルだけど……」

「だが、同じような違和感は抱いていたんじゃないのか？」

「まぁ、戦後の急速な融和路線について、思うところはたくさんあるよ」

クリスは右目に当てられた眼帯に手を伸ばす。古傷に触れることで、過去の記憶に触れているのだろう。似たような行為をロナードもやるので、相手の意図がすぐに分かった。

「あのときの僕らはまだ子供で、世界は家と学校が全てだった。その両方が、敵を打倒することが〝正しい〟と教えたんだ。当然、僕はそれを信じて戦って、色んなものを失って……そして戦後の〝正しさ〟に裏切られた」

お互い、チェス盤へと顔を落とす。

どちらかがキングを取れば、ゲームは終わる。だが、人生はゲームのようには終わらない。

目的を達すれば自動的に命が果てるわけではない。神はそこまで器用に人間を作ってはくれなかった。ならば、最後まで盤上に残ってしまった駒は、その後どうすればよいのだろう。

「だったら、どうして今も教師を続けている？」

　ロナードはドラゴンを動かし、クリスにチェックをかけた。

「俺たちがされてきたように、お前もあの生徒たちに一過性の〝正しさ〟を刷り込むのか？」

「逆だよ。少なくとも僕は……僕らみたいな存在をもう生まないために教育をしている。そのつもりだ」

　クリスはやおら立ち上がると、壁に掛けていた仕事鞄《かばん》を手に取った。

　中身を開け黒いファイルをつかむと、こちらに手渡してくる。

「……これは？」

「今日の授業で配付する予定だった参考資料。ま、君が乱入してくれたおかげで、結局お蔵入りになっちゃったけど」

　ファイルに挟まっていたのは、議事録のようであった。飛ばし飛ばし議論の流れを追っていくと、ユピターの議会で行われたＳＵ設立に関する会議のやりとりだと分かる。そこには教科書のような美辞麗句は記されておらず、設立の是非に関して激しい舌戦が繰り広げられていた。

　最終的にこの会議はＳＵ設立賛成多数で幕を下ろすのだが、反対を掲げる保守派を説得するため持ち出されたのが、「相互監視」の考え方であった。

　授業中、感情にまかせてロナードが口走った全てが、このファイルの中に集約されていた。

「毎回、教科書とは異なる切り口の資料を添付している。僕が教える生徒には、視野を狭めてほしくないからね」

クリスはファイルを鞄にしまうと席に戻り、チェックのかかった己のキングを一瞥《いちべつ》した。

迷いなくナイトを駆使し、こちらのドラゴンの動きを阻害する。

「教育で辛酸を嘗《な》めさせられた僕だからこそ、これはやるべき事だと思ってる」

それまでこちらの攻撃に対処するばかりだったクリスの駒の動きが、急速に変わっていく。まるで新たな目標を見つけたと言わんばかりに。

今度はロナードが翻弄される番だった。だが、その防衛戦も長くは続かなかった。

相手のドラゴンが、こちらのバックランクに着地する。キングを狙える位置、チェックだ。逃げようと駒をつまんだところで、ロナードはハッとした。

キングの逃げ道は全て埋められていた。皮肉にも味方であるはずの自身のポーンによって。キャスリングの後、攻撃に意識が移り、プッシュするのを忘れていたのだ。

身動きが取れない哀れなキングは、まるで殻に閉じこもる自分のようにも見えた。

「時代は変わった。仲間も死んだ。でも……やれることはあるはずだよ。それを続けていけば、やがてそこは居場所になるはずだから」

長考が続く。しかし、何も思い浮かばない。

反論も、チェックを回避する一手も。

ロナードは認めるしかなかった。

「……ない。俺の負けだ」

自らキングを倒す。同時に、ロナードの中でも何かが音を立てて崩れていった。

「確か、俺が勝ったら言うことを何でも一つ聞く……だったな。アンフェアな勝負は気に入らない。お前が勝ったんだ。要望があれば応える」

ロナードの提案が意外だったのだろう。クリスは目を丸くした後、苦笑を浮かべた。

「その律義さを、教育でも発揮してくれると嬉しいんだけど。じゃあ、お言葉に甘えようかな」


午前0時。

ロナードは懐中電灯を片手に、静まり返った校舎の中を歩いていた。

とっくに消灯時間を過ぎているが、窓から入り込む月光によって視界は良好である。

チェスに勝利したクリスから出された要望は、夜の見回り当番の交代だった。

教師の担当区域は予科棟、本科棟、特別授業棟の三つ。これらを日付変更時前後に巡回し、異常がないか確認するのが業務の内容だ。単純だが時間を要する作業であるため、クリスが誰かに押し付けたいのも頷《うなず》ける。

とはいえ、異常など見つかるはずもないだろうというのがロナードの見解だった。

中央士官学校は湖に囲まれているため、上陸手段は限られている。レーダー網も堅牢《けんろう》だ。

外部からの侵入はほぼ不可能と言える。故に、この見回りも形式的なもので、せいぜい一時間程度で終了するだろう。

しかし、その予想はあっさりと覆されることとなった。

「……明かり？」

特別授業棟の教室の扉。そこから乳白色の光が漏れている。

蛍光灯の誤作動か、あるいは照明の消し忘れか。

いくつか可能性が思い浮かんだが、向こうに人の気配を感じ、それらは消え去った。

「誰だ」

勢いよく扉を開け、ロナードは室内へと足を踏み入れる。

標準的な教室の倍以上の空間で最初に飛び込んできたのは、床の大部分を埋め尽くすジオラマだった。二千分の一程度に縮尺された森、川、町、畑などのミニチュアが連なり、一般的な郊外の風景を再現している。

その手の大会に出展すれば、間違いなく上位入賞を目指せるだろう。だが、そんな酔狂のために作られたものでないことは明らかだ。

このジオラマは、士官学校の有するれっきとした訓練施設である。

「……シミュレータか」

ジオラマの地表から数十センチ上空には、ワイヤーが張り巡らされている。そこを伝う《竜》とレシプロ機のミニチュアは、飛行を模していると言えなくもないだろう。同様のシミュレータに触れたことがあるので、ロナードはすぐにピンときた。

辺りを見回すと、予想通り壁際にゴンドラのような赤い木製の箱がある。レシプロ機のコクピットを象《かたど》ったそれは、操縦桿《そうじゅうかん》と連動し、基底部のポンプによって三軸に傾かせることが可能だ。さらに内部のスクリーンには、レシプロ機のミニチュアに搭載されたカメラの映像が投影される。

操縦のフィードバックとフライト風景の再現。

この二つを兼ね備えたフライトシミュレータは各国の空軍で採用され、木箱の色から「レッドボックス」の愛称で親しまれていた。

「あちゃー、また失敗……」

レシプロ機のミニチュアが墜落すると同時に、コクピットから声が響く。

防風《キャノピー》が開くと一人の少女が顔をのぞかせた。

ヴェニウス人特有の琥珀色の瞳。肩口まで伸びた栗毛《くりげ》。着用している制服からして予科生だろうが、その年齢にしてはやや幼い顔つきだ。

「でも、コツは摑《つか》めてきたし……今度こそ！」

少女はぺちぺちと頰を叩き、気合を注入した。

「……何をしている？」

「へひゃ!!!」

ロナードの存在に気付いていなかった少女は驚倒し、びたんと床に突っ伏した。

「大丈夫、か？」

「はい……」

少女はロナードを見ると、ほっと肩を落とす。

「って、なんだ先生かぁ。脅かさないでくださいよ。不審者かと思いました」

「不審者じゃありません。不審者はそっちだろう」

「どっちでもいい。予科二年生のシエルです」

「見ての通り、フライトシミュレータで訓練を」

「それは分かるが……消灯時間はとっくに過ぎている。何をしていた？」

「授業以外でも練習しておきたくて。ほら、捕竜実習が近いじゃないですか！　私、練習熱心なので！」

「あはは」と苦笑を浮かべ、シエルは頭をかく。

後ろめたさを隠そうとしているのは、火を見るより明らかだった。

「申請なしで私的にシミュレータを使用していることには違いない。即刻、中断して……」

シミュレータのスイッチにロナードの手が伸びる。それをシエルが摑んだ。

あっけにとられていると、彼女はグイッと体を近づけてきた。

「お願いします！　もう少し、あと一つだけ課題をクリアするまで待ってもらえませんか？」

「無茶を言うな。俺は見回りで来たんだぞ。異常を見過ごすことはできない」

「じゃあ、今から先生にシミュレータの使用を申請しますから！」

再び「お願いします！」と付け足すと、シエルは深々と頭を下げた。

理解しがたい行為にロナードはこめかみを押さえる。

「なぜそこまで……」

乾いた声がむなしく響く。

竜騎になったところで、得られるものなど何もない。今の自分がいい例だろう。

居場所、信念、大切な人……どれも失うばかりだ。

だから、そんなものを目指すな。ロナードが言おうとしたところで、シエルに先を越される。

「大切な人との、約束があるんです。それに……」

彼女は顔を上げた。

憧れで飽和した双眸がまばゆい輝きを放ち、ロナードを捉える。

「ドラゴンの背中に乗って、自由に大空を飛ぶんですよ！　これ以上に、ワクワクすることなんてありません！」

すっと、肩の力が抜けていった。

これまで、色々と考えてきたことが徒労に思えた。


だってドラゴンの背中に乗って、自由に大空を駆け回るんだぜ！

これ以上にワクワクする事なんてないだろ！


かつて愛した女性も、そうだった。

楽しいかどうか。好きかどうか。やりたいかどうか。

行動の指針は実に単純そのもので、他に理由などいらないのだ。

目の前の少女もまた、同じ思いで空に思いを馳せている。

それを否定する権利など、誰にもない。

「……一課題だけだぞ」

ぶっきらぼうに言い放ち、ロナードは壁に体を預けた。

「ありがとうございます、先生！」

シエルはパァッと表情を綻ばせると、再びコクピットに乗り込む。

彼女が取り組んでいる課題は、《竜》の追尾だ。ワイヤー下をランダムに移動する《竜》のミニチュアに対し、一定距離を保ちながら追いかけるというものである。難易度は初級で、目標は水平面で移動する。よって操縦者も適切なタイミングで水平旋回すれば、クリアは可能なのだが……

「あ！」「うぎゃ！」「またミスった！」

シエルは失敗に失敗を重ね、まるで成功の兆しが見えない。

十回目の失敗を告げるブザーが鳴ったところで、ロナードは気まずくなって口を挟んだ。

「初回の実習で竜を捕まえると息巻いていた割には、その……なんだ……下手だな」

「オブラートに包むのを諦めないでくださいよ！」

「もう一度、最初からやってみろ」

「え……はい」

《竜》とレシプロ機のミニチュアを初期位置に設定し、シエルは再び課題を開始した。

まずは直進での追尾。これについては問題ない。続いて機体は右旋回に入る。

そこでロナードは、初学者が陥りやすいミスに気付いた。

「手を止めろ。徐々に高度が落ち込んでいる」

コクピットに近づき、ロナードは防風《キャノピー》を開く。そして、シエルが握る操縦桿を指さした。

「旋回で機体を傾ければ揚力は減少する。揚力は翼の垂直面積に比例するからだ。だから、旋回の際は傾斜の分だけ操縦桿を引く」

ロナードはシエルの手の上から桿を掴み、わずかに後方へと引く。彼女は一瞬驚いたようだが、意識はすぐに計器の指す数値へと移っていく。

「すごい……あっという間に持ち直した」

高度は回復し、正面を飛ぶ《竜》の尾がスクリーン上に投影された。

「飛んで間もない時は、空の目標に注意を向けがちだが、まずは自機の姿勢を意識しろ。それだけで、飛行は安定する」

「はい！」

もう大丈夫だろうと思い、ロナードはシエルから手を離す。

補助を失っても機動はブレることなく、やがて追尾が目標タイムに到達した。

「やりました！」

興奮冷めやらぬ雰囲気でシエルが両手を上げた。

飛び上がるようにレッドボックスから降り、小走りにロナードの元へと近寄ってくる。

「ご指導、ありがとうございます」

「指導……俺が？」

「すごくわかりやすかったですよ」

そんなつもりはないんだが……と、目をそらす。

空戦の対処法も、墜落時の対処法もロナードは熟知していた。

しかし、今まっすぐに向けられる感謝については、対処の仕方がわからなかった。

いた。

何事かと彼女の凝視する先へと目をやると、レシプロ機が森のミニチュアに突っこんでいた。

弾《はじ》かれたようにシエルが声を上げた。

「あぁっ！」

「着陸……忘れてましたぁ」

ガクリとシエルは肩を落とした。

先ほどまでとのギャップが可笑《おか》しくて、ロナードの頬が自然と緩む。

笑みをこぼしたのはいつぶりだろうか。

まだ自分に感情が残っていたことに驚きつつ、ロナードは悟った。

やるべきことは、依然としてわからない。やりたいことも不明瞭だ。

しかし、目の前の少女がこのまま空を飛んで死ぬのは、何となく気分が悪い。

それを回避するために、自分にできることがあるのなら……やってみるのもいいだろう。

決意とは程遠い、ただの気まぐれ。思い付き。

ロナードは深く考える前に、自身の決断をそう結論付けた。

彼女を助けたところで、喪失が埋まるわけでも、何かが変わるわけでもないのだから。

それでも……と、ひとりでに手が動く。

墜落したレシプロ機のミニチュアを、ロナードは拾い上げた。

まるで、生まれて初めて物を拾い上げたような、そんな心地がした。

ソラーレ中央士官学校でロナードが担当することとなった科目は二つ。竜術と竜学である。竜術とは実際に《竜》とシンクロして飛翔し、操縦技術の向上を目指す実技科目。対して、竜学とは《竜》という生物の生態に焦点を当てた座学となる。一般教養の生物学と性格こそ似ているが、その枠組みに収まりきらないほどに《竜》は規格外であった。

たった一種の生命体だけで、全く独立した学問体系を築いてしまうくらいに。

「最初に断っておくが、この生物に関して判明している事実は少ない。むしろ、ほとんど分かっていないと言った方が良いだろう。教科書に記されている事柄の半分以上が憶測の域を出ていないということは、肝に銘じてほしい」

人生初の教壇にて、ロナードは落ち着いた口調で続けた。

「飛翔原理を筆頭に、生殖方法……そもそも生殖するかどうかすら謎だが……その他、棲《せい》息《そく》個体の総数すら謎に包まれている。最近まで《竜》の調査が進まなかった理由は、その生態《空眠《くうみん》》に起因している」

ロナードは黒板にチョークで円を描き、その周囲にいくつも点を打っていった。これらの点が一体の《竜》を表しているイメージだ。

「《竜》は活動サイクルのほとんどを、惑星低軌道での睡眠にあてている。覚醒するのは十年に一回くらいといったところだ」

「……そんなに眠ってて、お腹空《なかす》かないのかな？」

ぼそりとつぶやく声がする。シエルだ。

「今後質問がある場合は挙手するように」

「え⁉ 私、声に出てました？ つ、次からは気を付けます……」

「まぁいい。疑問に思うのはもっともだ。《竜》は植物の光合成のように、太陽光で養分をまかなっている。故に、他の動物のように日常的な経口での食事を必要としない。先ほど、《竜》の覚醒は十年に一度と言ったが、地上に降りて食事をするのはその時だけだ。そして……《竜》が地に降りる際には《竜虹》《りゅうこう》という気象現象が観測されている」

教卓で開かれた教科書には、《竜虹》の写真が掲載されていた。

虹色の円環が蒼穹にかかる様は実に神秘的な光景だ。

「この現象の原因も詳細不明だ。一説では、《竜》の降下が宇宙空間の荷電粒子に影響し、オーロラと似た状態を形成するためと言われている。古くから《竜虹》は災いの予兆であると同時に恵みの報《しら》せでもあった。覚醒した《竜》は地上で肉を食らう間に、脱皮して鱗《うろこ》を落とすからだ。この鱗は地上に存在するどの金属より有用性が高く、天からの贈り物と言われてきた」

気まぐれのように下界に現れ、禍福をもたらし、再び天空へ上っていく。

そんな神秘的な姿が、宗教と結びつくのは自然な流れであった。

事実、三大宗教の一つ星霜教も竜信仰に端を発している。

「この思想の強硬的な一派が、先日列車に被害をもたらしたテログループ＝辰神教団なのだが……話が逸れるため割愛する」

ロナードは一息つき、教室を見渡した。

「まとめると《竜》はその生態ゆえに、長らく神秘の存在だったわけだ。だが近年、《竜》への理解は飛躍的に深まった。それには二つの発見があるんだが、答えられる者はいるか？」

前の席に座っていた金髪の少女が、すかさず手を上げた。

「はい。逆鱗《げきりん》と菌葉網《きんようもう》です」

「正解だ……名前は？」

「ウィリーです。先生、この後もう少し続けても？　予習してきたので」

「許可しよう」

「じゃあ、お言葉に甘えて……逆鱗とは《竜》の唯一の弱点です。首の付け根に生えているこの鱗は脆《もろ》く、銃でも破壊することができます。そして、逆鱗を破壊された《竜》は、そこが再生するまでの間……だいたい十日間ですね……身体活動を停止します。この発見で、限られた時間の中ではあるものの《竜》の生体解明が進むようになったわけです」

スラスラと説明を終え、ウィリーはふぅと一息ついた。

「こんなところかな。次は菌葉網を……と言いたいところだけど、それだと先生の話す内容がなくなっちゃうのでお返しします」

「説明感謝する。では、続けよう」

ロナードは菌葉網について書かれているページまで、教科書をめくった。

「菌葉網とは《竜》の逆鱗が剝がれた部位から発見された粘菌で、特殊な能力を持っている。それが発見されたエピソードは有名だ。ある日、実験中だった科学者がシャーレを落としてしまい、頭から菌葉網を被《かぶ》ってしまった。その時、科学者は自分の視界ではない別の光景を垣間見《かいまみ》た……菌葉網の宿主である《竜》の視界だ。偶然から生まれた、《竜》と人間の初めてのシンクロだと言われている」

この発見が《竜》と人間の感覚を同期させる技術、ひいては竜騎の誕生に結びつくことになろうとは、当時誰も思っていなかった。時を同じく勢いに乗っていた機械産業の波に乗り、《竜》に関する研究開発はその歩みを加速させていく。

「試行錯誤が繰り返されデバイスとして最終的に落ち着いたのが、このカチューシャ型インターフェースだ。この中には、感覚をシンクロさせる特定の《竜》の菌葉網が特定の配列に従って展開されている」

ロナードは自分のインターフェースを取り出した。使い古されてはいるものの、この道具もまた《竜》と同じくブラックボックスの固まりだ。ヒトの思考と《竜》の身体をつなぐ菌葉網の情報処理メカニズム。それらを支配する法則は何ら解明されていない。だというのに、《竜》の首の付け根には防風《キャノピー》が取り付けられ、内側にシンクロしたパイロットが乗せられた。竜騎の基本概念ができあがるのに、そう時間はかからなかった。

「これが、現在の竜騎が出来上がるまでの過程だ。基本的に教科書をなぞってきたが……今開いているページの最後の記述だけは訂正させてほしい」

ロナードは開いたページの文面に指を這わせる。

燃料切れもなく、弾切れもなく、何より航空機を上回る速度で飛翔する竜騎は、人類史上最強の兵器となった――

この文章は、事実としては間違っていない。

だが、初見で読んだ者には大きな誤解を与えてしまう。

「《竜》には航空機よりも劣っている部分がある。何か分かるか？」

ロナードの放った一言は、常識という池に突如投げ込まれた小石だった。教室が一気にざわついた。眠そうにしていた生徒や、集中力が切れかかっていた生徒も一変して背筋を伸ばす。

「それは……《竜》のスペックが高すぎることだ」

結論を端的に述べ、ロナードは続ける。

「航空機は人が乗って空を飛ぶために設計されている。だが《竜》は違う。比べて人間は遥《はる》かに脆い。《竜》の感覚に任せて急加速と急旋回を行えば、パイロットの身体はGに耐えられず潰れる。防風《キャノピー》が壊れたら空中に放り出される。そこでシンクロを解くのが遅れれば、パラシュートすら開けない。それに、防風《キャノピー》は耐Gを主軸に設計されているから被弾には弱い。《爪》の流れ弾一発でも食らえば、身体に穴が開くだろう」

これまでに、ロナードはそんな惨状を嫌と言うほど見せられてきた。

大戦時の竜騎の損耗は半分が交戦によるもので、残りは飛行中の過負荷が原因だ。

敵から逃げようと、あるいは敵をしとめようと無理な機動を続けた結果、パイロットは《竜》のスペックに呑《の》まれ、命を落としていった。

「だからこそ、俺はこれからお前たちに、死なないための知識と技術を教えていこうと思う」

白のチョークを握り、ロナードは黙々と黒板へ流体力学の数式を書いていく。

川の流れのように、式は黒板の左から右へと続いていき、そして――

教壇に端があることをすっかり忘れていたため、ロナードはその場ですっころんだ。

＊＊＊

ロナード・フォーゲルの初授業から、三週間ほど経過した。

彼の担当する竜術、竜学の授業は順調に進行している。

指導要領を逸脱した内容に一部困惑の声もあったものの、彼の経験を反映した説明は教科書より一歩踏み込んでおり実戦的だ。結果として生徒の理解度は向上し、迫る捕竜実習では開校以来まだない全員揃っての《竜》捕獲も現実味を帯びてきた。

このような評判を聞くと、ロナードのカリスマ性が生徒を惹《ひ》きつけているのだと思うかもしれない。だが、現実はその真逆だった。

「く、くくく……」

七コマ目の授業を終えた放課後。寮への帰り道の途中で、ウィリーは肩を震わせていた。

「ちょっと、ウィリー。まだ笑ってるの？」

「しょうがないだろう。カッコよく決まったあのタイミングで……あ、あんな見事にすっ転ぶ所なんて……ダメだ、思い出しただけでも」

せき止めていた笑いが我慢の門を突破して溢れ出した。ロナードの見せた芸術的な転倒は、ここ最近ウィリーの笑いのツボにはまって抜けることがなかった。

「というか、シエルも笑ってるじゃないか」

「だって……ぷぷっ、あれは……反則でしょ」

注意したシエルも、脳裏によみがえった光景を思い出すと無意識に頬の筋肉が上がってしまう。ミイラ取りがミイラになるとはこのことだ。

シエルとウィリーに挟まれたモアナは、呆れたように口を動かした。

「……二人とも、笑いすぎ」

ロナードが教鞭を執るようになり、判明したことがある。

それは……とんでもなくドジだということだ。

初授業での転倒を筆頭に、ロナードは躓《つまず》き、転び、頭をぶつけることが多かった。

本人は、歩行より飛行の方に身体が慣れてしまったせいだと弁明していたが、それにしても転ぶタイミングが絶妙すぎる。颯爽《さっそう》と教室に現れた直後だったり、華麗に教科書の例題を解いた瞬間だったり。狙ってできる芸当ではない。

そして、ロナードはチョークが黒板にこすれる音にめっぽう弱い。あの音を出してしまうと、彼は無言のまま十秒ほど固まってしまうのだ。表情一つ変えてないが、よくよく見ると顔が青ざめていくのがはっきりと分かった。

また、彼は校内で道に迷うこともしばしばあった。方向音痴は竜騎にとって致命的のように思われるが、本人曰《いわ》く「屋内がごちゃごちゃしているだけで、上空では迷ったことはない」とのこと。またもや地上と空の違いに責任転嫁していたが、これも彼のドジ体質が原因だろう。

クリスの近現代史の授業でシエルがロナードに抱いた第一印象は、大きく修正されることとなった。それは他の生徒も同様で、もうロナードに警戒の目を向ける者はいない。彼は《竜》に関する知識と技術で尊敬を集める一方、弱点だらけの素行によって親しまれてもいた。最近では、生真面目な性格とドジ体質が織りなすギャップに、癒《いや》しを見いだす生徒まで出てくる始末だ。

「先生の授業って、雰囲気硬いけど眠くならないよね。転ばないかソワソワしちゃって」

「わかる。見ていて心配になるんだよな……まぁ、授業で数式が多いのは難点だが」

大きく頷く二人にモアナが小首を傾げる。

「……？　数式、多い方が理解しやすくない？」

「ぐっ⁉　これが地頭の差か」

「モアナ的にはどう？　ロナード先生の授業って」

「一部、取り扱っている情報が古い。けど、指摘したら修正してくれる姿勢は斬新……」

「他の先生じゃ、まずありえないよね。生徒が偉そうなこと言うな～！　って」

「情報の正確性に留意している点は高評価。私は、あの先生……気に入ってる」

「まさか、モアナの口からそんな言葉を聞けるとはな」

予科生のカリキュラムで得るはずの知識を入学前にものにしていたモアナ・ヒリアーという生徒は、教師にとって煙たがられる存在であった。彼女もまた同じように、教師という存在に対しては頑なに心を開かなかった。そんなモアナをも認めさせたのである。シエルは友人の反応から、ロナードが多くの生徒に受け入れられたことを肌で感じていた。

「まぁ、でも……皆の人気者になっちゃったのは、ちょっぴり残念だけど」

ついロからそんな言葉が漏れる。

からかうようにウィリーが目尻を下げた。

「どうしたんだ、シエル？　先生と話せる時間がなくて寂しいのか」

「そ、そんなんじゃないよ！」

「別にいいだろ。お前は夜に、先生から秘密の特訓を受けてるんだから」

驚きのあまり、シエルはその場で立ち上がった。

「ひ、秘密の特訓って……！　あれはシミュレータ室でたまたま出会っただけで……というか、ウィリー気付いていたの⁉」

「……え？　すまん、冗談のつもりだったんだが……もしかしてマジなのか？」

「シエル、大胆……」

ウィリーとモアナが驚きと興味の眼差しをシエルに向ける。

取り繕うのが不可能なレベルで、深い墓穴を掘ってしまった。頭の中が真っ白になる。

「……私、ちょっと忘れ物したから、二人とも先に帰っておいて！」

シエルは言い残すと、脱兎《だっと》のごとくその場から駆け出した。


感情に任せて校内を駆け回ったシエルは、息が切れたところで立ち止まった。

ここはどこだろうかと周囲を見回す。

無我夢中で走っていたため、予科棟階段の踊り場と気づくまでに、数秒の時間を要した。

「なるほど、よぉ分かりましたわ。解説ありがとうございます、先生ぇ」

上の階の廊下から、少女の声が響いてくる。

シエルが見上げると、そこにはロナードとライアンが立っていた。

授業の質問をしていたのだろうか。

「変わったことを聞くんだな。用が済んだなら、俺はこれで……」

「あぁ、待って。もうちょっとだけ、付き合うてもろても？」

身を翻して立ち去ろうとしたロナードの裾を、ライアンが強引に掴んだ。

二人の距離が縮まる。窓から差し込む夕日が、向かい合うお互いの輪郭を色濃くしていった。

見てはいけないものを見てしまったような気がして、シエルは反射的に階段の手すりに身を隠してしまった。

「次の予定を控えているんだが」

「カリカリせんといてください。そう言えば最初の歴史の授業でも、急に声を荒らげられて怖かったわぁ」

しおらしい声でわざとらしく、ライアンはうなだれる。

たとえ演技だとしても、ロナードの罪悪感を煽《あお》るには十分だった。

「……確かに、生徒に対して理不尽な振る舞いだったな。謝罪する」

「構いませんよ。その代わり……じゃないですけど、ちょっと目ぇ瞑《つぶ》っといてもらえます？」

「……何をするつもりだ？」

「そこは、お楽しみですよ。先生ぇ」

再びライアンから促され、ロナードは躊躇なく目蓋を閉じた。

無防備にさらされた彼の顔を、ライアンはまじまじと見つめる。

彼女の手が、ロナードの頬に迫る。

そのまま二人の唇が触れる未来を想像すると、シエルの胸がズキズキと痛んだ。

細い呼吸が漏れると同時に、上履きと床が擦れ、悲鳴にも似た音が響き渡る。

他者の存在を感じ取ったのか、ライアンは動きを止めた。

「……やっぱ、白昼堂々やるのは無理やなぁ」

彼女はロナードへと伸ばしかけていた手を下ろすと、肩を落とした。

「センセ、もういいですよ。時間取らせてすみませんでした」

これまで引き留めようとしていた必死さが嘘《うそ》のように、ライアンはあっさりと踵《きびす》を返す。

階段付近には、シエルとロナードだけが取り残された。

「シエル、お前もいたのか。悪いが質問なら、後にして……」

あわや貞操の危機だったというのにこの人は、鈍感すぎる。

シエルは衝動的に叫んだ。

「先生は、無防備すぎます！」

＊＊＊

「……ということがあったんだが、俺は何か下手を打ったのだろうか？」

「本気で言ってるなら相当だね、キミは」

「どういう意味だ？」

「僕は先生だけど、それは教えられないな。口を挟むのも野暮だし、自分で考えてみなよ」

散々考えてもわからなかったから、相談しているのだが。

ロナードは言いかけた言葉を飲み込み、この問題を保留とすることにした。

今は目の前の業務に集中することが重要だ。

「竜学の試験問題は、どこに保管しておけばいい？」

「予科二年のは……この段」

ロナードの差し出した茶封筒はクリスの手に渡り、部屋の突き当たりの棚へ収納される。よくよく見ると、棚の引き出しに「予科二年：竜学」というラベルが貼ってあったが、狭い通路では電球の光も届かず隠れてしまっていた。

右も左も棚、棚、棚。職員室から続くこの部屋は、ソラーレ中央士官学校の保管庫だ。生徒職員の個人情報、学校のセキュリティ、機密情報などが、まとめて管理されている。

中には当然、生徒の成績、試験問題も含まれており、ロナードとクリスは現在その整理に追われていた。

「そう言えば、ライアンからはどんな質問をされたんだい？　変わった内容だって聞いたけど」

「あぁ。俺が着任した初日、列車を襲撃したテロリストとドッグファイトをしただろう。あの時、戦闘機をどうやってオーバーシュートさせたのか。そのマニューバについて興味があったらしい」

あの旋回のカラクリ、ウチに教えてください――

授業後、そう言ってライアンは詰め寄ってきた。

基礎フライト課程を予科一年で修了したばかりの新人には、分不相応な質問に思える。

「竜騎として、それは僕も気になるな……教えてくれよ、ロナード先生」

眼帯に覆われていない瞳が、期待を含んでロナードを見据えた。

「大した機動じゃない。簡単なフェイクだ。《竜》を右バンクさせて、逆方向に背鰭《ラダー》を動かす。そうすれば、《竜》は傾いたまま直進する……あとは、お前なら分かるだろう？」

「後方の敵パイロットから見れば、前方の《竜》はバンクしているから右に回ると錯覚するわけだね。だから、それを追尾しようと戦闘機もロールを入れた。でも実際、《竜》は直進しているわけだから、戦闘機は側面を晒《さら》すことになり……あえなく君の的になった、ってところかな？」

　クリスは左右の手のひらをピンと伸ばし、それらを《竜》と戦闘機に見立てて、一連の流れを再現してみせた。

「あぁ……」

　両手の動きは、ほぼ完璧な答えだった。わずかなヒントで解を導き出すとは、クリスの竜騎としての実力は相当なものだろう。

　感心する一方、ロナードは胸に引っかかりを覚えた。

　歯車が食い違ったような、小さな違和感。それはすぐ近くに潜んでいるはずなのに、言語化することはできなかった。

「例の戦闘機に乗っていたパイロット……二機のうち片方はまだ見つかっていないのか？」

「らしいね。もう死亡したって線で、捜査は打ち切られたみたいだけど」

　ということは、辰神教団による列車襲撃テロは、後始末も含めて表向きには幕を引いたらしい。ややずさんな印象が残るものの、学校側で負傷者が出なかったため、捜査継続に上も乗り気ではないのだろう。穏やかではない事件で学校の名前が広まるのは、社会的イメージの悪化にもつながる。早期の幕引きは、学園のスポンサーに忖度《そんたく》した結果だと言えよう。

「もしかして、テロリストは生き残っていて、この学園内に潜伏しているかもとか疑ってる？」

不意に考えていたことを言い当てられ、ロナードはぎょっとした。

クリスはひらひらと手を振って続ける。

「学園長も似たような考えらしいけど、流石《さすが》に心配しすぎだよ。余計な話はやめて、さっさと書類整理をすませてしまおう……ん？」

疑問を含んだ声が語尾に張り付く。

気になってロナードが振り返ると、クリスは眉間にしわを寄せていた。

彼が手を伸ばした先は、足下の最下段の引き出し。そこには他と同じく、錠が備え付けられていた。本来であれば、クリスの持つ鍵によって開かれるべき場所なのだが、既にこじ開けられている。工具で叩かれたと思《おぼ》しき錠前表面の傷は、ホコリも被っておらず真新しい。

「ごめん……ちょっと楽観がすぎたかも」


盗まれた書類は、翌週実施される捕竜実習の詳細が記載された資料だった。

実習では、空眠から目覚め地上に降りてきた《竜》を戦闘機で追尾して捕獲する。

捕獲と言っても、鹿や魚のように罠《わな》へ追い込むわけではない。目標の逆鱗を狙撃するのだ。急所を撃ち抜かれた《竜》は活動停止状態に陥るので、時間内に菌葉網インターフェースを介してエンゲージすれば、新たな竜騎が誕生する。

得られた《竜》がたとえ一体であったとしても、その戦力は莫大《ばくだい》だ。故に正規軍、および認可された組織以外の手に《竜》が渡ることは避けたいと考えるのが道理である。このような理由から、捕竜の手がかりとなる《竜虹》観測予想地点は機密情報として扱われていた。

そんな情報を、学内に潜伏すると思われるテロリストに知られてしまったのだ。

当然ロナードは、今回の捕竜実習を中止すべきだとオーガスティンに進言した。

しかし――

「……すまないが、ワシには無理な相談だ」

「何故《なぜ》です？　たかが一つの授業。後でいくらでも替えがきくはずでは？」

「確かに、捕竜実習は表向きは授業と見なされている。しかしな……実態はＳＤＣから正式に委託された任務だ。《竜虹》の位置情報を抜かれた程度で突っぱねることはできんよ」

オーガスティンは、もどかしそうに眉間にしわを寄せた。

彼が身体を預ける革椅子は豪奢《ごうしゃ》に照り輝き、この学園で最も権力のある人物を讃《たた》えている。

しかしながら、ソラーレ中央士官学校はＳＤＣ直轄の組織。オーガスティンの及ばぬ高みから命じられれば、不穏分子の有無に関わらず、命令を完遂しなければならない。それが軍人というものだ。

数日後――

このような経緯で、捕竜実習は不安要素を抱えたまま、予定通り行われる運びとなった。

「……どうしたの先生？」

複座式レシプロ機の前席で操縦を行うシエルは、離陸時から沈黙を続ける後方の教師に問いかけた。

ロナードは彼女の言葉で現実に引き戻され、どれくらい思考の海に沈んでいたのだろうと腕時計を見る。時刻はちょうど正午を回ったところだった。

「あぁ……何でもない。心配しなくていい」

ソラーレ中央士官学校から南南東におよそ130キロメートルの地点。広葉樹林の広がる山岳地帯上空には、訓練用レシプロ機が鳥のようにV字編隊を組んで飛行していた。そのどれもが複座式で、シエルとロナードのように前席に生徒、後席に教師を乗せている。生徒が操舵《そうだ》し、教師はそれを採点するのだ。後席でも一応コントロールは可能だが、操縦を教師に任せる事態になれば、その時点で失格は免れないだろう。

「空酔《エアーシック》いになったら、そこにエチケット袋がありますからね」

「……お前な」

教師の空酔いを心配するとは、この生徒にはほとほと呆れる。ロナードは上空の景色から前席の少女へと視線を移した。防風内《キャノピー》の密閉空間は驚くほど狭く、手を伸ばせば届くほどの位置に彼女の肩があった。フライトスーツ越しでも分かる華奢《きゃしゃ》な身体は、まるで楽器の演奏中であるかのように旋律を伴って揺れている。

「今日はいつにも増して楽しそうだな」

「……え？」

「無意識だろうが、さっきからずっとハミングが漏れている」

「ほ、本当ですか？」

驚いたようにシエルが声を上げた。風切り音とエンジン音が支配する中でも、まっすぐ伝わってくるような透き通った声だった。

「あはは……以後、気をつけます」

「まったく、ピクニックに行くんじゃないんだぞ？」

「わ、分かってますよ。でも、こうなるのも仕方ありません。だってこの捕竜実習をクリアすれば、私もいよいよ《竜》に乗れるんですから！」

ヘルメットからこぼれた栗毛がくるんと揺れる。彼女の表情をうかがうことはできないが、想像するに難くなかった。

「私の愛竜も、エケクルスみたいな可愛《かわい》い子だといいな～。早く現れてくれないかなぁ」

「浮かれるのは結構だが、くれぐれも慎重に頼む。空眠から目覚めたばかりの《竜》は、気が立った状態の個体も多い。下手に刺激して、こちらが落とされないように」

「任せてください！　私、座学は低空飛行ですけど、実習だけは上昇気流ですから！」

「……不安だ」

一ヵ月ほどつきまとわれてはっきりしたことだが、シエルは頭で考えるよりも先に、身体が動くタイプの生徒だった。その性格は成績にも表れており、座学赤点、実習満点という極端さだ。特に、予科一年の基礎フライトはトップで修了しており、飛行技術で彼女の右に出るクラスメイトはいない。ロナードが捕竜実習でシエルの監督役に決まった時、クリスは「彼女なら安心だね」と、うらやましそうだった。

だが、ロナードはそのように思えなかった。理論という土台が固まっていない以上、彼女の飛行はほとんど感覚によるものだ。何がスイッチになって崩れるか分かったものではない。

「……来たな」

他人に操縦を任せる不安感は、しかしすぐにかき消された。

蒼穹に光のカーテンが現れたのである。七色に輝く幻想的なそれは、初め蜃気楼《しんきろう》のような儚《はかな》さを映していたが、徐々に存在感を濃くしていった。

やがて上層雲よりも遥か上空に、巨大な虹色のリングが形成される。大気中の水滴が太陽光を散乱して映し出す虹とは、根本的に発生原理が異なる現象。《竜虹》である。

その奇怪さに目を奪われたのも束《つか》の間《ま》。空眠から目覚めた《竜》の群れが、リングの内側を通過し、地上めがけて垂直下降してきた。

『各個、散開！　捕竜開始！』

編隊の長を務めるウィリーの号令が、無線機越しに轟いた。

力強いその声を皮切りに、それぞれの戦闘機が相対距離の小さい《竜》の追尾を開始する。ロナード機に最も近い目標は、赤い《竜》だった。

前方で、シエルが息を呑む音が聞こえた。

「キレイな鱗……先生！　私、あの《竜》を追いかけますね！」

機体の姿勢を微調整し、シエルは機首を赤竜《せきりゅう》の方へと向けた。距離は直線でおよそ5キロメートル。レシプロ機で《竜》に追いつくのは通常では不可能だ。しかし、相手が降下中の野良であれば話は変わってくる。滅多なことがない限り、穏やかな速度で飛翔を続けるからだ。

「……こっちを警戒してはいないようだ。慎重に距離を詰めて相対速度を落とせ」

「了解です！」

目標の赤竜はバレルロールを繰り返したり、主翼を閉じてコマのようにスピンしてみたりと、とにかく目立った動きが多い。まるで、子供が無邪気に遊んでいるみたいだった。

不可解極まりない挙動《マニューバ》であるものの、こちらに敵意を向けられるよりはましだろう。それに、無駄な飛行機動はエネルギーロスに直結する。速度で大きく劣るレシプロ機が、

《竜》を追いかけるには都合が良かった。

「よし、もう十分だ。照準を合わせろ……ゆっくりでいい」

有効射程圏内に他の訓練機の機影はない。眼下も依然として深い緑が広がり、民家一軒確認できない。流れ弾で被害が出る可能性はゼロ。狙うなら今が絶好の機会だ。

《竜》の身体が照準器の中央にすっぽりと収まる。

「ごめん、ちょっとだけ眠っていてね」

息を止め、シエルは引き金に指をかけた。

空に描かれた機銃の軌跡が、まっすぐに目標の首筋を貫く。

逆鱗をはがされた《竜》の瞳からは、徐々に生気が抜けていった。まだ慣性に従い、緩やかな滑空を続けているが、もうアクロバットな機動をとることはないだろう。

あと五分もしないうちに、目標の意識は完全に途絶えるはずだ。

「やりました！　先生、見てましたか？　私、成功しましたよ！」

「何度も確認しなくていい。しっかりと見ていた……よくやったな」

「ありがとうございます！」

《竜》を捕獲できた喜びを、シエルは抑えることなく爆発させた。

密閉された防風《キャノピー》内に黄色い声が響き渡る。

無線越しにも続々と、捕竜成功の知らせが入ってきた。十……十五……と、その数は次第に増えていき、ついにクラスの半数以上に達する。残りの生徒は苦戦しているようだが、捕竜を終えた僚機からフォローを受けているため、課題の達成は時間の問題だろう。

「……エンジン音？」

不意に、ロナードの耳が自機と異なる空気の振動を捉えた。音からして同じ訓練機のものに違いない。だが、辺りを見回してもその機影は確認できなかった。

こちらがまだ《竜》を捕獲できていないと勘違いして、支援しに来たのだろうか。

いや、そうであれば無線が入るはずである。

「――まさか⁉」

嫌な予感がしたロナードは、操縦交代の宣言も省き、強引に後席の操縦桿を倒す。前席から操縦権を奪い取られた機体が、大きく傾いた。

「へうぇっ⁉」

シエルの間の抜けた声が漏れる。

次の瞬間、上空後方から銃弾の雨が降り注いだ。


戦闘機にとって安全かつ確実な攻撃方法は一撃離脱戦法だ。

目標の後方上空から接近、急降下と共に射撃し、オーバーシュート前に再上昇する機動。

成功すれば、相手にドッグファイトの機会すら与えず勝利を収めることができるので、格上の相手にも有効である。

実際、こちらを襲撃してきた敵機も、最初の攻撃で勝負をつけるつもりだったようだ。

しかし、ロナードの第六感じみた危機察知能力が幸いし、奇襲は失敗に終わった。前に出ることを恐れた相手は、機首をあげて上空へと戻っていく。エンジン音から予想した通り、こちらと全く同じ型の戦闘機だ。

「何か仕掛けてくると思ったが……まさか、練習機に紛れ込んできたか」

実習場所を抜かれた時点で、辰神教団から何らかの妨害を受けることは覚悟していた。奴らは《竜》信仰の強硬派だ。捕竜はいわば、その教義を最も侮辱する行為に当たる。待ち伏せによる奇襲、あるいは罠など。どんな手を使ってでも実習を妨げようとしてくるだろう。故に、ロナードはあらゆる可能性を考え、警戒の目を光らせてきた。

だが、敵はこちらの裏をかき、大胆にも最初から編隊に侵入していた。

「一体、どこで紛れ込んだ？」

離陸前に行われた点呼は、異常なかった。その後、滑走路から今に至るまでV字編隊飛行は崩れていない。敵が付け入る隙は皆無なはずだ。

となれば、考えられる可能性は一つしかない。

つい先ほど機関銃の射撃音が轟いたというのに、ロナードは驚くほど冷静だった。ピンと張りつめたピアノ線のように、意識が研ぎ澄まされていく。

フレデフォート基地を去ってから、久しく味わってこなかった感覚。

硝煙と殺意が燻《くすぶ》る戦場の匂い。

それらが誘い水となって、ロナードの内に潜む危うい願望を呼び覚ました。

上方の敵機を、狩人《かりゅうど》の眼差しで射貫《いぬ》く。相手は依然として水平旋回を続けていた。一撃離脱をし損じてもなお現空域に留まっているのは、おそらく格闘戦を誘ってのことだろう。

竜騎相手では後れを取るが、同スペックの戦闘機であれば負けるはずがない。

余裕に満ちた相手の機動は、そんなメッセージを放っているかのように思えた。

「いいだろう……」

ロナードは操縦桿を握り、機体を緩やかに上昇。

敵機との交差角を調整し、相手が攻撃しやすい状況を作り出した。

自ら死地を作り出し、その扉に手をかける自傷行為にも似た愚行。

大戦終結から七年、ロナードが空でやり続けてきたことだった。

さぁ、飛び込んで撃ってこい――

カウンターで、確実に墜とす――

こちらの挑発が効いたのか、敵機は機首を俯角《ふかく》に落としてきた。

攻撃のタイミングを見定めようと、天空に注意を向ける。

1000、800……敵との距離が徐々にせばまっていく。銃口が有効射程圏内に差し掛かろうとした瞬間、ロナードは三時の方向に危険を感じ取った。

思わず操縦桿を引いて上昇。竜騎では感じなかったベクトルの力に襲われる。プロペラの回転によって生じたジャイロ効果だ。

結果的にロナード機は上昇右旋回に入り、それとすれ違うように敵機は降下していった。

おかげで、今回の駆け引きは不発に終わる。

ロナードの移動を妨げてきたのは、先ほどの赤竜が放った《爪》だった。

逆鱗を貫かれ朦朧《もうろう》としているにもかかわらず、最後の力を振り絞りロナード機を撃ってきたのだ。

執念深い個体である。これが愛竜となれば、きっとシエルも苦労するに違いない。

「……あ」

そこで、ようやくロナードは前席に座る少女の存在を認知した。

命のやりとりに夢中になり、狭くなっていた視野が開けていく。

シエルは小さな身体をさらに縮こまらせておびえていた。

まるで、山火事の中に取り残された小動物のように。

小さく途切れた呼吸が繰り返され、肩が恐怖で震えている。透き通ったハミングも、無邪気な笑みも今はすっかり姿を消していた。

そうさせたのは、自分だった。殺意を浴びて憔悴《しょうすい》しきったシエルを乗せたまま、危険なドッグファイトに身を投じようとしたのである。

「すまない……もう大丈夫だ」

操縦桿からロナードの右手が離れ、シエルの肩に触れた。

肩口を抱く彼女の手と、ロナードの手が重なる。ロナードは敵の機動に注意しつつもGと旋回を抑え、防風《キャノピー》の振動を穏やかにした。それからしばらくして、ようやく少女の震えは収まっていった。

「せ、んせい……？」

振り向いた琥珀色の瞳いっぱいに涙がたまっていた。

何て愚かなことをしていたのだろう。

その涙に気付けなかった悔しさから、ロナードは奥歯を食いしばった。

「もう、怖がらなくていい。そのまま身を屈めて、じっとしていろ」

ロナードは再び操縦桿を握る。自分に罰を与えるためでも、死に場所を求めるためでもなく、今はただ目の前にいる少女を守るために。

心に揚力を得た翼が、蒼穹を衝《つ》くように舞い上がった。

にらみ合いが続いてもなお、敵機はこちらの撃墜を諦める様子はない。

相対位置に多少の変化はあるものの、射程圏内に付け入ろうとする機動は相変わらずだ。まるで死に神のような執拗《しつよう》さである。ならば、とロナードは旋転し機首を八時の方向へと持ってきた。

この先は、捕竜実習を終えた訓練機が合流するポイントだ。

こちらの異変に味方が気づけば数の利を得ることができる。そうなれば、相手は撤退せざるを得ないはずだ。

問題は、それまで逃げきれるかどうかだ。命運は操縦桿を握るロナードにかかっていた。

追尾を振り切るように、ロナードは機体をバンクさせブレイク・ターンを決める。

相手がオーバーシュートしたところで切り返し機動《シザース》。格闘戦を望んでいた相手は、当然乗ってきた。ハサミの交差する平面的な機動は、すぐに高低を伴ったローリングシザースへと移行する。二次元から三次元へと世界は拡張され、ドッグファイトは複雑さを増していった。上昇角と降下角、そして相手との交差角と相対速度。全てが駆け引きの駒だ。どれか一つでも悪手を打ったが最後、たちまち六時を取られ蜂の巣にされてしまう。針の穴に糸を通すかのような精確な軌道で、ロナードは空を疾駆する鋼鉄の塊を操っていった。

刀剣の鍔《つば》迫《ぜ》り合《あ》いにも似た押し出し合戦を交えること数回。合流ポイントまで残りわずかだ。あとは、敵がこのまま気付くことなく誘導に乗ってくれれば事態は収束する。

しかし、そう簡単に事は運ばなかった。

己の針路の行く末に気付いたのか、敵機の雰囲気が変わる。

それまで虎視眈々《こしたんたん》と狙いを定めてきた攻撃機動が、即断即決の速攻になって襲いかかってきた。

勝負を仕掛けてきたのは、こちらの降下と相手の上昇が交わった瞬間。頂上付近でわずかに敵のエンジン音が小さくなる。速度を抑えたオーバーシュートが狙いだ。

危機を察知し、すぐに上昇旋回しようとしたが、わずかに前面に押し出される。同機種でここまでブレーキに差が出るということは、質量に差があるとしか考えられない。

おそらく、敵は一人で乗っているのだろう。

「一人……か」

もし、この状況で一人であったなら、ロナードはずっと生死の狭間《はざま》に酔いしれていただろう。どこまでも堕《お》ちていくことを是とし、決して上を向こうとはしなかっただろう。

だが、今は違う。

前席で身を屈める少女を一瞥し、ロナードは再認識する。

今は、目的も理由も両の翼に積んでいる。

だからこそ、死ぬわけにはいかない――

敵の射線上に入る直前、ロナードは操縦桿とラダーペダルを操作した。機首を蒼天《そうてん》に突き上げると同時に、ヨー軸回転を叩き込む。すると、主翼にまとわりついていた風の流れが剝がれ、意図的な錐揉《きりも》み状態へと陥った。失速による相対速度の増加と、不規則な旋転に対応できず、敵機はロナード機の脇を通り抜けていく。すかさず状態を回復させ、ロナードは相手の後方へと張り付いた。スナップロールによる完全な後方占位である。

勝敗はこの瞬間、決した。

照準の中央に目標を捉え、ロナードは静かに引き金を引いた。

＊＊＊

両主翼に取り付けられた機銃が轟音を響かせ、連続的な振動が防風内《キャノピー》に伝わった。反射的にシエルは顔を上げる。

吐き出された弾丸は、まっすぐ敵機を貫いていった。両翼が強度限界を迎え、機体から弾け飛ぶ。

「助か……った？」

前方の鉄の塊は、もはや完全にコントロールを失い、飛翔の術《すべ》を失っていた。

今はただ、重力に従い自由落下を続ける他ない。

脅威は去った。それを自覚すると、膨らんでいた不安と恐怖がゆっくりとしぼんでいった。

「よく耐えた」

後ろから、ぽんと頭に手を置かれる。

とくん、と鼓動が高鳴るのがわかった。

後席に座る教師の掌《てのひら》は、イメージしていたよりもずっと繊細だった。

「大丈夫か？　どこかぶつけたりはしなかったか？」

「……あっ！　は、はい！　怪我《けが》はありません！」

我に返ったシエルは、あたふたと言葉を紡ぐ。

ちらりと後ろに視線をやると、ロナードと目があった。

「なら、操縦には戻れそうか？」

「え？　はい、まぁ……」

「わかった。コントロールはお前に返す」

「返す……って？」

言われるがまま、シエルは再び操縦桿を握った。

しかし、その意図は分からない。空戦で神経を削り、操縦に疲れたのかとも思ったが、彼の表情はいまだ硬い。まるで、まだ戦いは終わっていないと言わんばかりに……

「俺は、奴を追う」

不意に、空間が冬のように冷たくなる。何事かとシエルは一瞬驚いたが、風切り音が鮮明になったのを鼓膜で感じ、嫌な予感がした。

ロナードは後席の防風《キャノピー》を開き、身を乗り出していた。そして、落下を続ける敵機から人影が飛び出すのを確認するや否や、後を追うように空へ身を投げた。

「って！　ちょっと!?　先生ぇぇぇぇぇ!?」

シエルの絶叫は、虚《むな》しく空へと溶けていった。

＊＊＊

パラシュートを広げ、ロナードが降り立ったのは広葉樹の生い茂る山間だった。

敵機との相対速度がゼロの状態でベイルアウトしたので、落下ポイントの差は百メートルとないはずだ。加えて、相手は負傷している。見つけるのに手間はかからないだろう。

「いいかげん、姿を見せたらどうだ？　辰神主義者」

手つかずの自然に人間が立ち入れば、痕跡は色濃く残る。不自然に折れた枝葉と踏みつけられた野花を確認し、ロナードは護身用の拳銃を抜いた。

「お前たちの計画は、最初から破綻していた。今回の奇襲が半ば特攻じみていたのも、それが理由だろう」

樹皮のこすれる音、荒い呼吸……

研ぎ澄ませた意識の中、ロナードは敵の気配を感じ取った。

「ホリデー最終日、お前たちが行った列車襲撃の目的は、あの犯行声明通りではなかった。生徒を人質に取ったところで、士官学校と悠長に交渉している余裕はない。そんなことをしていては、すぐ駆けつけてくる正規軍の竜騎とやり合うことになり、撃墜されるのが関の山だからな」

ずっと引っかかっていたことだった。いくら覚悟を決めたテロリストであったとしても、何も果たせぬままの敗北を望むまい。

「お前たちの真の目的は、襲撃による混乱状態の形成。もっと言えば、そのどさくさに乗じて、お前というスパイを学内に紛れ込ませること……違うか？」

近くで息を潜めていた殺気が爆発し、木陰から人影が飛び出してきた。だが、ロナードは敵より早く銃口を突きつける。そして、ようやく姿を見せた不穏分子の名前を呼んだ。

「ライアン・アンデルセン」

トレードマークの三つ編みはほどけ、煤《すす》と木の葉まみれになっているものの、その容姿は教室で見た生徒のものだ。だが、口に入っていた詰め物が抜け、また剝がれたメイクのせいで、印象はずいぶんと異なっていた。

「いや、正確にはライアンに化けたテロリスト……だったか」

こめかみに銃口を押し当てられた少女は動くことなく、眉間にしわを寄せる。

「何を言うてるんか、さっぱりですわ。テロリストはウチの機体の後部座席にいた先生です。さっき、森の中に逃げて行きました。早ぉ追ってください！」

必死の訴えを無視して、淡々とロナードは続ける。

「お前たちの誤算は、予想よりかなり早いタイミングで竜騎と鉢合わせてしまったことだった。計画なら列車を威嚇した後、すぐにでも撤退する手筈《てはず》だったが、その日赴任してきた新人教師と偶発的に戦闘になり、仲間は死亡した」

味わった屈辱を思い出したのか、目の前の少女は表情に憎悪と怒りの色を滲ませた。

銃口を向けていなければ、今にでも飛びかかってきそうな勢いだ。この消えることのない炎にも似た感情が、彼女を無謀な判断へ至らしめたのだろう。

「初期段階で破綻したにもかかわらず……お前は、単独での士官学校潜入を試みた。そして今日、捨て身覚悟で捕竜を妨害しようと仕掛けてきた……これが俺の推論だ」

列車襲撃から一ヵ月近く不穏分子が次の行動を起こさなかったのは、警戒が解けるのを待っていたからではない。単純に動けなかったのだ。たった一人の反乱計画を準備するために。

だが、最後の悪足掻《わるあが》きもロナードによって水泡に帰した。

「だから、ウチは――」

「もう芝居はやめろ。先の戦闘で、機体の搭乗者が一人なのは明らかだ。それに、お前は自分がテロリストだと、既に口にしている」

ずっと引っかかっていた何かを、ロナードは今や理解していた。

「先日、お前はこんな質問をしたな……〝旋回の秘密を教えてほしい〟と」

たった、それだけのことだった。見落としてしまうのも無理はない。

事実、ロナードが指摘しても目の前の不穏分子はぽかんとしている。

「なぜ、旋回だと思った？」

だが、ロナードがそう付け加えると、彼女の顔はみるみる青ざめていった。

ようやく、己の致命的な失敗に気付いたらしい。

「そう……お前をオーバーシュートに追いやったマニューバは、バンクさせただけの直線飛行。列車に乗っていた誰の目にも、そう映ったはずだ。にもかかわらず、それを旋回と誤認したとすれば……考えられる可能性は一つしかない」

ライアンに化けた少女が口にした内容は、自分が列車を襲撃した戦闘機パイロットだと名乗り出ているようなものだった。

失意によって彼女の身体から力が抜け、へなへなとその場に座り込む。

瞳にはもはや、何の気力も残っていなかった。

「……しまった」

不穏分子の拘束を終えたロナードは、辺りを見回し重要な事実を思い出した。

「道に、迷った」

蒼穹ではいざ知らず、地上でのロナードは絶望的な方向音痴であった。

捕竜実習の成功とテロリストの無力化。

それらを成し遂げたロナードは、士官学校から捜索隊を出されるという締まらない最後を飾った。こうして列車襲撃から始まった辰神教団のテロは、一応の幕引きを迎えることとなる。

「ようやく裏がとれた」

翌日の早朝。

休息を終えたばかりのロナードは、クリスと共に学長室へ呼び出された。

夜通し行われた不穏分子への尋問が一通り終わり、事の全貌が見えてきたとのことだった。

「本物のライアン・アンデルセンは、実家の立ち上げた新事業を補佐するために、一ヵ月間の休学を届け出ていたらしい。それを、あの不穏分子が差し止めていたようだ」

「……で、結局何者だったんですか？　彼女」

「数年前からアンデルセン家に勤めていたメイドらしい。まぁ、それ以前の経歴がいかにもという場所で、ワシも腑《ふ》に落ちた」

「というと？」

「今はもう摘発されて無くなっているが、辰神教団が隠《かく》れ蓑《みの》として経営していた孤児院の出身だったのだよ。おそらく、メイドの仕事も上からの指示で、元よりライアンと入れ替わり学園へ潜入するのが目的だったのだろう。住み込みで彼女の世話をする傍ら一挙手一投足を真似て、化ける練習をしていたようだ」

「なるほど……長らく用意周到に進めてきた潜入計画だ。なら、初動で君に邪魔されたとしても引くに引けないいね」

クリスは敵の運の悪さに同情したのか、苦笑いを浮かべる。

一件落着といった雰囲気に包まれながらも、ロナードは引っ掛かりを覚えていた。

テロリストの計画と行動は杜撰《ずさん》そのもの。失敗するのは当然だ。しかし、実行に至るまで学園側が対応できなかったのも事実である。大陸でも指折りの防衛能力を誇る施設で、そんなことがあり得るのだろうか。

疑問を残したままの中途半端な解決に、素直に安堵《あんど》することはできない。

「何を考えこんでいる？　もっと誇らしく胸を張りたまえ」

強張《こわば》った思考を吹き飛ばすように、オーガスティンはがははと笑う。

岩のような腕が伸び、ロナードの肩を乱雑に叩いた。

「君は讃えられるべき働きをしてくれた。この件での活躍ぶり、スピネルにはしかと報告しておこう。君がいち早く古巣に復帰できるよう、口添えもしてな」

そう言って、オーガスティンはウインクする。一瞬、何の話だかロナードには分からなかった。だが、ここに初めて来た際の心境を思い出し、ようやく理解が及ぶ。

あぁ、とロナードは頷いた。

ここはあくまで通過点。空軍へと戻るための踏み台に過ぎない。それが、当初の認識だった。

そのことを、なぜだかすっかり忘れていた。考えてみても、理由はわからない。

飛行中に目標への針路がズレたような感覚だった。一方で、何故かそれが悪い気はしなかった。

「ありがとう、ございます」

あれだけ渇望した死に場所へ近づいた。それなのに、震える声は戸惑いを含んでいた。


「どうしたんだい、浮かない顔をして。学園長からお褒めの言葉を賜ったのに」

学長室から予科の教室へと向かっていると、隣を歩くクリスが顔をのぞき込んできた。

「あの不穏分子は、これからどうなる?」

「処遇についてはまだ何とも……極刑か無期懲役か。でも、確実に余生を受刑者として過ごすことになるだろうね」

「そう、か」

歩みが止まる。別に不穏分子の少女へ憐憫《れんびん》を覚えたわけではない。ただ、彼女が最後に見せた憎悪と絶望が、かつての自分と似たような気がしてならなかった。

「俺も、もしかしたらああなってたのかもな」

「……え?」

「《竜》信仰は星霜教の最も古い教えの一つだ。だが、時代と共にそれは薄れていき、《竜》の経済的価値が認識されるようになると誰も気にとめなくなった。金を握らされた教会と神父は捕竜を是とし、聖書の記述もぼかされるようになった。それでも辰神教団は、変わらず教えを守り続け……結果、大陸全土からテロリストと認定された」

壁にはめられた窓をのぞく。曇りの残った板ガラスには、自分の姿が映っていた。

「変われなかった結果、世界に居場所が無くなって絶望して……破壊行為に走るか自傷行為に走るか。奴らと俺の違いなんて、それだけのことなのかもしれない」

「……ほんと、君の考えはひねくれているよ」

眼帯に手を当て、クリスは呆れたように首を振った。

「確かに、そういう見方もあるかもしれない。でも、君は変わろうとした。決定的な違いだ。それに……気付いてないだけで、君の居場所はもうあるんじゃないかな」

いたずらっぽい笑みと共に、彼は教室の扉を開ける。

すると、待っていたと言わんばかりに、生徒達がロナードへと押し寄せてきた。ロナードは餌を持ってきた飼育員のように、たちまち囲まれることとなる。

「実習で無事に《竜》を見つけることができました！　ありがとうございます！」

「またテロリストをやっつけたって本当ですか⁉」

「噂になってますよ。詳しく教えてください！」

ねえ、先生――

彼女らの声はどれもバラバラだった。

しかし、そのどれもがロナードへと向けられているということは間違いなかった。

「あらためて……ようこそ、ロナード先生。ソラーレ中央士官学校へ」

陽光が降り注ぎ、室内を温かく照らした。眩《まぶ》しすぎて、ロナードは思わず目を細める。

自分という存在がいようといまいと、世界は問題なく流れていく。
長らく支配してきたその考えは、もう口が裂けても言えない状況になっていた。

空冥の竜騎

Dragon-Knight Streaking through the Sky

章間

醒暦1999年　8月25日　AM11：05

その年の夏は、さながら台風の目の中のように穏やかであった。

理由は戦況に大きな変化が訪れたからである。とはいっても、ソラーレ大戦が膠着《こうちゃく》状態から脱したわけではない。両陣営が勝利を確信し、一丸となって戦力を総動員した結果、戦いは深い泥沼に浸《つ》かっていた。

変化をもたらしたのは何かというと、未知の世界からの襲撃だった。

「原住民の皆さん！　私たちは、プルート合衆国です。私たちと一緒になりましょう！　最大多数の最大幸福が導く、理想の民主主義を実行しましょう！」

有史以来、突破不可能と考えられていた雷の壁＝《雷壁《らいへき》》。

それを越えてきた竜騎は、別大陸《プルート》の人間と名乗り、にこやかに服従を呼びかけてきた。

喜び以外の感情を摘出されたかのような声は、不気味以外のなにものでもなかった。

王国の統合参謀本部は最初、これをソラーレ大陸内の敵勢力による工作だと認識していた。

突如出現した敵の正体は、銃口を向け合っている相手の仕業だと考えるのが自然だ。こちらをパニックに陥れようと流された稚拙極まりないフェイクニュースだと、ロナードも信じて疑わなかった。しかし、ネテウとメイルクの港街が襲撃され、実効支配された事実がソラーレ両陣営の思いこみを粉砕した。皮肉にも両陣営の軍港が壊滅的被害を受けることによって初めて、プルート大陸の存在は証明されることとなる。

政府も軍も、誰もが予想し得なかった新展開だった。

戦略に全く組み込んでいなかった、大陸外部の脅威。その登場によって、戦力の配分は大きく見直されることとなり、統合参謀本部の立案した計画は白紙へと戻された。

ロナードが所属するアテラ王国王立特務飛行隊も同様である。

輸送機の護衛任務のためヴェニウスの野営地を訪れていた彼らだが、到着直後に「別命あるまで待機《ふけ》」と上から言い渡されていた。

読書に耽る者、ボードゲームに興じる者。誰もが突発的に生じたこの暇を、思い思いに過ごしている。ただ一人を除いては。

「おのれ……リコ・エングニス」

食堂の長テーブルに突っ伏しながら、ロナードは空戦中にも匹敵するような険しい形相を浮かべていた。

「おーおー。大丈夫か、そんなに眉間にしわを寄せて……とれなくなるぞ。何をそんなにイライラしてんだ?」

そう言って目の前に座ってきたのはイドラだ。口の端をつり上げて、小馬鹿にしたような笑みを浮かべている。

「分かり切っているだろうに」

「まぁ、いいじゃねぇか。美人の隊長にかわいがってもらって。そう悪いもんでもねぇだろう?」

「悪くない? ……全部だぞ、全部! 身の回りの世話、その他諸々《たもろもろ》全てだ。掃除洗濯買い出し、挙げ句の果てにマッサージ……俺を何だと思ってる」

堰《せき》を切ったかのように、ロナードの口から文句の言葉が氾濫した。

リコ・エングニスが隊長として着任してから約二ヵ月。ロナードは半ば彼女の世話係として、馬車馬のように働かされている。その理由は部隊の誰もが知るところだ。

「嫌ならサボっちまえよ」

「……今度の模擬戦で、奴《やつ》を完膚無きまでに叩《たた》きのめす。それで雪辱を果たし、奴隷生活から抜け出してやる」

「この前も同じこと言ってなかったか? ったく、変に律儀だねぇ……お前は」

「賭けの条件は俺が呑《の》んだものだ。それを無視するほど恥知らずではない」

「そーかい。あ、次の模擬戦も隊長の勝利にタバコ一ダースな」

にこにこと領収書を渡してくるイドラに、むぅとロナードは唇を結んだ。

度々行われるロナードとリコの模擬戦は、今ではすっかりギャンブルの的として部隊内で定着している。ちなみに、ロナードのオッズは右肩下がりで虫の息だ。悔しいが、リコの竜騎としての実力はロナードを凌駕《りょうが》していた。一方、その卓越した飛行技術で、部隊の生存率が上昇したことには感謝しなければならない。

「あれでせめて黙っていればな……」

ロナードがボヤいた途端、外から騒がしい声がこだました。

誰が叫んでいるのか、耳をそばだてなくても分かる。

「お、噂《うわさ》をすれば何とやら……だ」

クスクスとイドラが笑った。

「おーい！　ロナード！　いるかー！　お前の干してたボクのパンツ、風に飛ばされて木に引っかかったんだー！　取ってくれー―」

「……だとよ」

ロナードは羞恥に苛《さいな》まれ、テーブルから勢いよく立ち上がった。


「ご苦労だった。礼を言うぞ、ロン！」

「これで何度目だ？　何回下着を木に引っかければ気が済む？」

「カリカリするな。風のせいだろ？　おかげで木登りも上手くなったじゃないか。よかったな」

「何もよくない」

洗濯物を取り込み終えたのも束《つか》の間《ま》。リコは次のわがままを口にした。

「それで、ロナード。今日はボクを岬に連れて行け」

すぐこれだ、とロナードはため息をついた。

彼女の腰掛ける車いすがまるで女王の玉座に見えてくる。

「この野営地から南西にある場所でね。バカンスシーズンには飛び込みスポットとして、たくさんの観光客でにぎわっているらしい」

「戦時にバカンスも何もないだろう……」

「だからこそさ。平時の混雑を避けられる。まさに有事様々だな！」

「お前は……一度、道徳の教科書で殴られるべきだ」

愚痴を吐きながらも、ロナードはリコの車いすを押してやった。ここで機嫌を損ねて、後でもっと無茶な要望を押しつけられるよりもましだ。

岬に続く林をくぐっていると、ロナードの胸の下で甘い音色がこぼれる。音の粒はやがて数珠のように連なって、馴染《なじ》みある民謡へと姿を変えていった。

出所はリコが首から下げていた楽器だ。

「……そのハーモニカ、いつも持っているな？」

「《竜》の鱗《うろこ》で覆った特注品さ。これを触っていると、落ち着くんだ」

鱗は伝導性や加工性の高さから工業用途に重宝されている一方、真珠のような動物由来の宝飾品としても人気が高い。しかし、こうして楽器にあつらえた例をロナードは知らなかった。もしかしたら、市場には出回っていない特注品なのかもしれない。

「そう言えばこのハーモニカ、実はもう一つあるんだよ」

「スペアか」

「プレゼント用さ。ま、こんな御時世だからね。渡したい相手にも当面会えそうにないし……だから、とりあえずお前にやる」

それまでくわえていたハーモニカを、彼女は唐突にロナードへと渡してきた。

「何が〝だから〟だ。文脈がつながっていないぞ？」

「細かいことを気にするな。それよりロナード、お前もコレを吹けるようになれ」

「楽器に興味はない」

「ボクもお前の興味に興味はない」

「初めて聞いたぞ、その返し」

「デュエットで奥行きのある音を、ボクが出してみたいんだ。だから協力しろ」

「相変わらずめちゃくちゃだな……」

「心配するな。ボクが手取り足取りレクチャーするぜ」

リコが得意げに親指を立てるのと同時に、車いすが林を抜ける。

サファイアを思わせる海面が波をよこし、こちらの到着を歓迎しているかのようだった。

海につきだした岬へと、ロナードは車いすを押す。

「……ほら、お望みの場所に着いたぞ」

「もっと近寄ってくれ、岬の先端に」

感謝の言葉はなく、リコは上目遣いでこちらを見つめる。ただただ呆《あき》れるしかなかった。

「まったく……どんな人生を送れば、そんなめちゃくちゃな生き方ができるんだか」

「……知りたいか？」

唐突に、リコの両手が車いすの肘掛けを摑《つか》む。

「ボクを捕まえたら教えてやるよ！」

「あ――！」

そのままリコは飛び出した。

車いすを抜けた先に地面はない。待ちかまえているのは海面だ。

バシャーン、と盛大に飛沫《しぶき》の上がる音がした。

「あははは！　来いよ、ロナード！　冷たくて気持ちいいぞ！」

「いったい何をやっている！」

「何って、この岬は飛び込みの名所だろう。なら、やることは一つじゃないか」

海から頭を出したリコは、いたずらっぽくこちらを手招きする。ロナードは頭を振ると、半ばやけくそになって彼女の後を追った。二発目の飛沫はより豪快で、隕石《いんせき》のように泡が飛び散る。

浮力で身体《からだ》が水面に上がると同時に、ロナードはリコに詰め寄った。

「お前、その足じゃ泳げないんだろ？　もし、溺れたら……」

「ふふ、心配してくれているのか？」

「な⁉　勘違いするな！　間抜けな理由で隊長が死ねば、部隊の沽券《こけん》に関わる。俺は、ただ単純に――」

ロナードが言い訳を探していると、リコは唐突に口を開いた。

「遠くないうちに、死ぬんだ」

一瞬、何のことか理解できず、ロナードは双眸《そうぼう》をぱちくりと瞬《またた》かせる。リコは身体を横にして海面に寝そべるように浮き上がった。

「言っただろう。ボクを捕まえたら教えてやる、と。どんな人生を送れば、こんなめちゃくちゃな生き方ができるのか……もともと、先が短いんだ。生まれつきの病気でね」

まるで自慢話でもするかのような語り口だった。

華奢《きゃしゃ》な腕がまっすぐ空へと突き出される。手が摑もうとした先には、昼の空にはかなく浮かぶ白い月があった。

「ボクは世界の全てを味わいたい。命のろうそくが燃え尽きるまさにその瞬間まで、貪欲に正直に……。そして、自分の生に意味があったと確信したい。これが、ボクの生き方の答えだよ」

唐突な告白にロナードの頭の中は真っ白になった。

エゴイストという彼女への印象が、すっと海水に溶けていった。

「……そんな身体で、どうして竜騎を続けるんだ？」

「忘れたのか？　初めて会ったときに言っただろう。《竜》に乗って空を飛ぶ、それ自体がボクにとってはこの上なく、おもしろいことなんだ。他にも、やりたいこと、行ってみたい場所、食べたいもの……挙げていけばキリがないよ」

ふっと、彼女は鼻で笑う。

これまでの自信に満ちた笑みではない、自嘲的な笑みだ。

「でもまぁ、身体がこのザマだからね。残り時間を鑑みても、コンプリートは難しそうだ」

空へと伸びていたリコの手が落ち、水中へと沈んでいく。

ロナードは気分が悪くなった。胸に生じた黒い霧の正体は、彼女への苛立《いらだ》ちに違いない。

リコはいつも勝手だ。勝手にずかずかと土足で入ってきて、ロナードの心をひっかき回す。戦う以外の目的を、無理矢理共有させてくる。

認めたくないが、心の奥底では嬉《うれ》しかった。

だからこそ、彼女の笑みを歪《ゆが》んだものにさせたくなかった。

「……俺には、やりたいことなんてない。だが、お前のやりたいことを手伝うくらいなら……できる、ぞ」

気付いたら、そんなことを口走っていた。

リコはしばらく目を大きく見開いたかと思うと、突然腹を抱えて笑い出した。

「っぷ！　なんだ、その申し出！　ツンデレか⁉　へたくそか⁉」

「っ⁉　人の気遣いをお前は！」

「……あぁ、悪かったよ。なら、そうだな……お前にできることか」

少し考えてから彼女は胸の前で両手を握り、強く押し込んだ。手の中の水が圧されて飛び出し、ロナードの顔面に命中する。

「な、何を！」

不意打ちの水鉄砲を食らったロナードは思わず瞼《まぶた》を閉じる。

潮水を手で拭おうとした瞬間、唇を柔らかい感触が襲った。

しみる目を無理矢理開けると、ロナードの視界の全てをリコが支配していた。

熱くて甘い衝撃の正体は、果たして彼女の口付けだった。

二度目の不意打ちに、とうとう全身の筋肉から力が抜けた。

「好きになった相手の唇を奪う。死ぬまでにやりたかったこと……一つ達成だ」

濡《ぬ》れた髪が張り付く頬は、すっかり赤くなっていた。

こうして、二人は部下と上司から恋人へと関係を深化させた。

そして、その一ヵ月後。
リコは空の戦場で死んだ。

空冥の竜騎

Dragon-Knight Streaking through the Sky

三章

醒暦２００７年　11月7日　AM10：55

フレデフォート基地司令室にはパイプから燻《くすぶ》る紫煙が立ちこめ、妖しい雰囲気に包まれていた。扉は固く閉ざされ、真昼にもかかわらず窓はカーテンで覆われている。部屋にいるのは基地の主であるスピネルと、彼の秘書だけである。

「――以上が、中央士官学校の公表した情報になります」

報告書を秘書が読み上げている間、スピネルの視線は新聞の紙面に落とされていた。

「内容は、ほとんどメディア向けのそれと変わらんようだ」

革手袋に覆われた指で、紙面の一角をトントンと叩《たた》く。有力紙三紙には、どれも似たような記事が掲載されていた。

【お手柄新任教師！　学校に潜むテロリストを捕獲】

何とも腑《ふ》抜《ぬ》けた見出しである。だが、それによって大事件を、日常のヒーロー譚《たん》にまで縮小させていた。

おそらく、学校側と出資者の働きかけによるものだろう。ソラーレ中央士官学校という存在は、大陸融和の象徴。それ故、争いのイメージを残すのは好ましくない。結果として、記事の内容は辰神《シンシン》教団の摘発と、テロの早期鎮圧に成功したこと、それらが国籍の異なる学校職員の綿密な連携によって達成されたことに重きを置かれて書かれていた。ロナードと思《おぼ》しき新任教師についての記述も確認できる。

かつて大戦で敵対した陣営の若人らが手を取り合い、平和を脅かすテロリストを撃退した。開催が迫る設立五周年式典においても、万全の態勢で警備に臨んでくれるだろう。

記事はそのように締めくくられていた。

「この件を受けてパルジオン議長は？」

「変わらず、式典への参加を表明しています」

「……やはりか」

ソラーレ中央士官学校の設立から五年、カチナ条約締結から七年を祝し開催される式典は、多くの意義をはらんでいる。融和路線のさらなる拡大の強調、それに伴う外敵プルートへの圧力といった政治的要素はもちろん、軍需企業が集まる見本市も開かれるため経済的な効果も大きい。

そこに、かのパルジオン・チャーチルが出席するというのだ。

テロの危険性を認識すればあるいはと、一縷《いちる》の望みにかけていたがやはり無駄だった。SUの基盤を築き、曲者《くせもの》ばかりの議会を束ねる彼の欠点を一つ挙げるとするならば、それは危機意識のなさだろう。肝が据わっていると形容すれば聞こえはいいが、今のパルジオンはソラーレ議会議長である。警備計画を立てる者の身にもなってもらいたい。

スピネルは凝《こ》りを感じて目頭を揉《も》み、くたびれた軍帽を被《かぶ》りなおした。

「ロナード少尉には、本当に何も指示しなくてよろしいのでしょうか？」

「必要ない。奴《やつ》はイドラとは違う。もとより間者としての働きなど期待していない。有事の際、使える竜騎があそこにいれば、それで十分だ」

未《いま》だ懸念を抱く秘書に「下がって良い」と指示を出す。

一人になり、ようやく一服しようと思った瞬間、内線がけたたましく鳴り響いた。階級の高さは権力に比例し、休憩時間に反比例するらしい。今まさにパイプに落とそうとした火を消し、スピネルは受話器を持ち上げた。

「どうした？」

「お忙しいところすみません。実は、大佐にご面会したいという方が、先ほどから守衛前で立ち往生されていまして……」

本日のタスクを頭に呼び起こす。参謀本部との打ち合わせを控えているが、時間にはまだ早い。おそらく、アポなしで訪れた者だろう。

一般人であれば、現場の判断で追い返しているはずだ。それでもこちらに指示を仰いできたということは、少なからず関係者ということだろうか。

「……誰だ？」

「その……殉職されたイドラ・バーマス少尉の、奥様と名乗っているのですが」

＊＊＊

前日、ソラーレ中央士官学校にて。

その日は雲一つない快晴だった。どこまでも広がる、群青一色の画用紙みたいな空。そこにどこからともなくカラフルな八つの線が浮かび上がる。飛行機雲ではない。《竜》の右足裏付近に外付けされたスピンドルオイルを、排気器官の熱で気化、凝結させて作る人工スモークである。虹に準《なぞら》えた七色と太陽光を象徴する白色、合わせて八つの着色料が各竜のオイルに含まれていた。

八匹の《竜》が、同時に旋回を開始する。基本中の基本である左バンク機動だが、そのマニューバは目を見張るような技巧に満ちていた。特筆すべきは各竜のコンビネーションにある。バンク角、速度、相対距離……その全てが、まるで鏡写しのようにきっちりとそろっていた。

旋回が一周して始点と終点が出会うと、蒼穹《そうきゅう》には巨大なアートができあがる。

大陸八ヵ国を示す八つの円が互いに重なる、平和の八輪。

大陸融和を祝う式典には、まさにうってつけのエアショーと言えるだろう。

「なに見てるんだ？」

「うおっ⁉」

窓の外へと意識を投影していたシエルは、突然の呼びかけにバネさながらに飛び跳ねた。

「……べ、ベッツニ」

「いや、そのリアクションは無理があるだろ」

声をかけてきたのはクラスメイトのウィリーだ。身に纏《まと》っているのは、お決まりの制服ではなく、入院患者のような検査着である。それはシエルも同じで、本日予科二年生は全員、ソラーレ中央士官学校内の研究施設へと赴いていた。

《竜》とのシンクロメカニズム究明を目標とする第二研究所である。外装も内装も病院に近いこの建物は、予科生の間では「式場」とも呼ばれている。捕竜実習で捕獲した《竜》とエンゲージする場所だからだ。

エンゲージとは《竜》とパイロットが粘菌インターフェースを介し、神経をシンクロさせる行為自体を指す。しかし、現場では専《もっぱ》らシンクロや同期といった用語が使われており、今ではエンゲージは「初めてのシンクロ」という意味でのみ使うことが多い。エンゲージの調整は繊細な作業であるため、一人ひとり順番に行われ、シエルやウィリーは待ち時間の間手持ちぶさたでいた。この感覚は、入学直後に体験した健康診断を思い出す。

「あぁ、エアショーのリハーサルか。すごいな……八輪が全部正確な真円を描いてる。もう本番並みの仕上がりじゃないか」

「あはは……私もつい見とれちゃって」

ごまかそうとするシエルに対し、ウィリーはいたずらっぽい笑みを浮かべた。

「見とれてたのは、エアショーの指導役がロナード先生だから、じゃないのか？」

図星だった。琥珀《こはく》色の瞳が大きく見開かれる。

「空を眺めて黄昏《たそが》れるなんて……シエルも意外と乙女っぽいところあるなぁ」

「そ、そんなんじゃないってば！　ここ数日、竜学の授業もストップしちゃって、なかなか会えないから……ちょっと気になって」

ロナードの予科生指導がなくなったのは、捕竜実習の翌日からだ。

来月の式典で披露する曲芸飛行の完成度を、もっと高めてほしい。そんな学園長の意向によって、彼は一時的に本科の実習を手伝うことになった。

「まぁ、予科の座学よりもエアショー指導の方が学校側にとって重要だし、そこは仕方ない。式典が終わるまでの任期だろう？」

「でも、コロコロ持ち場を変えられて……先生、大丈夫かな？」

「心配なのは分かるが、案外上手《うま》くやっているらしいぞ」

口の端に手を立て声のボリュームを落とし、ウィリーは続けた。

「フライト技術はもちろんだけど、ドジしなければ見てくれもいいからな、あの先生。本科でも慕われて……告白された、なんて噂《うわさ》も――」

「こ、告白⁉」

待合室にいる全員が、こちらを向いた。

雑談であふれていた空間が水を打ったように静まりかえる。

「二人とも、どうしたの？」

ガラガラと扉の開く音が響きわたった。姿を現したのはモアナだ。

「ううん！　な、ナンデモナイヨ」

「いや、だからそのリアクションは無理があるだろ」

これまでのやりとりを知らないモアナは、きょとんと首を傾げる。露《あら》わになった耳殻には、赤みがかったラインが一本通っていた。粘菌インターフェースが残した痕である。

「それより、モアナは終わったの？　エンゲージ」

「滞りなく……それで、次の準備ができたからシエルを呼びにきた」

「え？　もう私の番？」

こくり、と無表情のままモアナが頷《うなず》く。

「確か、お前が捕まえたのは赤竜《せきりゅう》だっけ？」

「うん！　実習でその子が近づいてきてくれてね。だから、運命感じちゃって！」

瞳を閉じれば今も鮮明に思い出せる。踊るように、泳ぐように、楽しげに空を舞う緋色《ひいろ》の《竜》。ロナードは彼らとの意思疎通など不可能だと言っていたが、シエルにはとてもそうは思えない。あの《竜》は、こちらに話しかけているように見えてならなかった。

一緒に、空を飛ぼうと――

その呼びかけに応じるべく、シエルはエンゲージ室へと向かう。

そして……そこで感じたことのない、熱い感情に呑《の》み込《こ》まれた。

エンゲージは神経接続の際に生じる摩擦によって、注射のような鋭い痛みを発火させる。

といっても、瞬きほどの短い時間だ。それを過ぎればエンゲージは完了し、菌葉網《きんようもう》を介してパイロットと《竜》は五感を共有する。

何も難しいことはない。事前に受けた説明でも、このプロセスにおける危険は聞かされなかった。注意を促されたのはむしろその後。エンゲージ直後の身体《からだ》の感覚不一致や、シンクロ酔いといったトラブルだ。

だからこそ、シエルは困惑していた。

新品のカチューシャ型粘菌インターフェースを耳殻に沿わせ、指示通りに起動させた。その瞬間、彼女を包み込んだのは朧気《おぼろげ》な夢幻であった。

何が起こったのか、まるで理解できなかった。気付けば、眼前に無窮の夜空が広がっていた。天地の境はなく、上下どちらにも湖面のように波紋が広がっている。時の流れも、物の理《ことわり》もでたらめで、これが現実ではないことはすぐに分かった。だが、自分の見ている夢とも思えない。強いて例えるなら、他人の夢といったところだろうか。そんなものを見たためしはついぞないので、断定は難しいが。

では、なぜそのように感じたのかと言えば……流れ込んできたからである。自分のものではない、熱を帯びた感情が。

痛みや悲しみ、安堵《あんど》と未練。そして、情愛。ありとあらゆる情緒がぐちゃぐちゃになって、シエルの意識を深い水底へと沈ませた。恐怖はなかった。むしろ懐かしささえ感じられた。

音も光もない深海では、どちらが水面かすら分からない。それでも、シエルは空気を求めて手を突き出した。口の端から気泡がこぼれ、肺の中の酸素が尽き、意識が朦朧《もうろう》となっていく。

目蓋を閉じる瞬間、こちらに手を伸ばす人影が見えた気がした。

それは、先月赴任した新人教師の姿によく似ていた。

「お疲れさまです。エンゲージは完了しました」

エンゲージ担当医の素っ気ない言葉で、シエルは現実に引き戻された。

とっさに診療台から体を起こす。バクバクと心臓が鼓動を刻み、こめかみが熱い。インターフェースが発する熱か、それともさっきの夢による幻か。シエルには判断が付かなかった。

「脈拍に若干の上昇が見られますが、感覚不一致やシンクロ酔いなどの症状はありませんか？」

この部屋に入ってからの記憶がすっぽりと抜け落ちているが、エンゲージは何事もなく終わったらしい。少なくとも、周りの担当医達《たち》はそのように認識しているようだ。

「……はい」

「じゃあ、次の人を呼んできてください」

担当医がシエルにかけた言葉は、彼女に全く届いていなかった。しかし、そのことに気付いている者は誰もいなかった。

呑《の》まれた感情に背中を押される。自然と歩みが速くなる。

やがて駆けだした両足は研究所を抜け出し、ある目的地へと舵《かじ》を切った。

「……はぁ！　はぁ！」

息を切らしてたどり着いたのは教員寮。当然、予科生の生徒は立ち入り禁止だ。

しかし、校則を気に留《と》める余裕がないほど、シエルの感情は高ぶっていた。

「先生っ⁉」

不意に聞こえた足音に、期待を寄せて振り返る。

「あれ、シエル君？　どうしたんだい、慌てて……」

現れたのはロナードではなくクリスだった。

声には困惑が滲《にじ》み、明らかにシエルの存在に驚いていた。

「しかも、その格好……もしかして、式場から飛び出してきた？」

そこでシエルは、ようやく自分の格好に注意が向く。履いているのは靴ではなくスリッパで、身体を覆うのは薄い検査着一枚。上は下着すら着けていない。そんな状態で校内を走り回っていたのだ。置いてけぼりにした羞恥心が今頃追いつき、シエルは愛竜さながら顔を赤くさせた。

「えっと……これは、その……」

「まぁ、何があったかは知らないけど、ロナードならまだ空の上だよ……ほら」

と、クリスは指先を窓へと向ける。式典に向けた予行演習はなお続いており、今はエアレースのコースチェック中だ。隊列を先導する藍竜《らんりゅう》はおそらく、ロナードのエケクルスだろう。

「たぶん、今日は日が暮れるまで本科の訓練に引っ張りだこかな」

「そう、ですか」

「何か用件があるなら、僕が伝言しておくけれど？」

クリスの穏やかな語りは、熱に浮かされていたシエルを冷静にさせていった。だが、皮肉なことに落ち着きを取り戻すと、唇は凍ったように固まってしまった。

「ふむ……言いにくいことかな？」

「ち、違うんです。単に、どう言葉にすればいいのか、私自身も分からなくて」

《竜》とエンゲージした際、夢でロナードの姿を垣間見《かいまみ》た。それで彼のことが気になったのは事実である。だが、格好も校則も顧みず、猪突猛進《ちょとつもうしん》に突っ走る要因となるにはいささか弱い。

ロナードに会うことを目的として理解しているものの、理由はシエル自身にも分かっていない。

何かを確かめなければならない、という使命感めいたものは胸に渦巻いている。

だが、その何かが摑《つか》めない。摑もうとすれば、たちまち断崖絶壁の縁に足をかけたような、危うい悪寒が全身を巡る。まるで、身体が知ることを拒否しているみたいだった。

「わかったよ。つまりは、ロナードとゆっくり話せればいいんだね?」

「え?　……はい。そうなるんでしょうか」

「じゃあ、ちょうどいい。お誂《あつら》え向きのシチュエーションを用意しよう」

何に納得したのか、クリスは大きく頷いた。

「次の休日、ロナードとデートしてくるといい」

＊＊＊

その日の夜。

ロナードは難しい顔で、目の前の盤面を睨《にら》んでいた。終業後、同僚の部屋でチェスに興じるのは、赴任してからのルーティンになりつつある。最初はクリスにせがまれる形であったが、今ではロナードも乗り気になっていた。負けず嫌いな性分故だろうか。今日の対局も、新たに会得したタクティクスを駆使して、勝利を狙っていた。

しかし、現在の戦況は圧倒的に悪い。序盤にナイトを奪われたが、敵ビショップを左翼へ追いこみ、中央に攻め込むまでは良かった。初対局の反省から、キャスリング後にポーンの殻も割り、見晴らしのよい布陣を形成。一気に畳みかけようと試みたものの、そこから雲行きが怪しくなっていった。忘れかけていた左翼の敵ビショップが、突如ドラゴンの背後を刺してきたのである。この一手によって、形勢は完全に逆転。以降、じわじわと戦場の支配力を削られていき、ロナードの思考時間は長くなっていった。

「ない……俺の負けだ」

消耗戦の末に勝機を見いだせなかったロナードは、自らキングを横に倒した。満足したのか、クリスは口元をゆるませて頷く。

「お疲れ。すごい成長ぶりだ。一時は攻めきられると思ったよ」

「初手に伏せておいたビショップ……あれは、最初からこの局面を狙ってのことか？」

「ふふ、どうかな。もしかしたら、途中でたまたま気付いただけかも」

「絶対狙っていたな」

不敵に笑う糸目は、まるで人を化かす狐《きつね》のようだ。温厚そうに見えて、内面はすこぶるズル賢い。クリス・ブルースとはそういう人間だと、何度かの対局を通して思い知らされた。

だが、そんな彼の二面性もロナードは嫌いではない。

「それにしても、ずいぶんと攻め方が変わったね？　心境の変化かな」

「そうか？　俺は特に自覚していないが……」

「最初の頃の君は典型的な速攻タイプだった。僕のキングを最速で取ろうと、犠牲前提でつっこんでくる……そんな狂戦士みたいな攻め方だったじゃないか」

初対局の指し筋を指摘され、ロナードは言葉に詰まる。

確かに同僚の言う通り、自分は変わったのかもしれない。

だが、変わったのは駒の動かし方だけではない。考え方もだ。

ずっと、この世界に居場所はないと思っていた。生き残ってしまった重圧が苦しかった。

しかし、今は何故《なぜ》か解き放たれたように胸が軽い。

理由はおそらく、中央士官学校という環境と生徒によるものだろう。

打ち筋の変化は、内面の変化が滲み出た結果なのかもしれない。

「……以前の立ち回りが非効率的だったことは認める。駒の損耗率を考慮すれば愚策だった」

「まぁ、将棋の指し方としてはアリな手もあったんだけど」

「将棋？　……ウラスノの伝統的なボードゲームだったか？」

「そう。ルールはほとんど同じだけど、あっちは取った駒を持ち駒としていつでも盤面に出せるんだよ。こんな風にね」

クリスは、ロナードから奪ったドラゴンの駒を盤に置く。ただし、向きは逆だ。かつて一緒に敵陣を向いていた心強い味方は、ロナードに牙をむいていた。

「……裏切り者みたいだな」

「確かに、そうかもね」

それ以降、クリスは将棋について深掘りせず、チェスセットを片づけ始めた。白と黒の大理石がこすれ、冷たい音を奏でる。

「話が逸《そ》れたけど、指す前に交わした約束はちゃんと覚えてる？」

「負けた方が、何でも一つ言うことを聞く……だろう」

ロナードは長いため息をついた。呆《あき》れたのは己に対してである。以前も、似たようなシチュエーションで同じように負けたというのに。どうしてまた乗ってしまったのか。

「どうやら俺は、ほとほと賭け事に向かないらしい」

「嫌なら取り消しても構わないよ」

「そこまで恥知らずじゃない。到底無理な要求でもない限り、呑むつもりだ」

眼帯に指を添え、クリスは楽しげにのどを鳴らした。

「そう？　なら、ひとつ買い出しを頼まれてくれないかな？」

＊＊＊

「はぁ……つまり、チェスで負けた罰ゲームってことですか?」

その週末の休日。揺れる列車の中、一組の男女が向かい合って座っていた。

兄妹《きょうだい》にしてはよそよそしく、恋人と見るにはいくぶん歳が離れている。

では二人の関係は何かと言えば、教師と生徒だ。

血縁関係でも友人関係でもない、社会的な役割の関係である。

「大ざっぱに言えば、そんなところだ」

ロナードは顔色一つ変えないまま、外出の経緯をシエルに語った。

せっかくの遠出だというのに、彼の服装は普段のフライトジャケットである。おそらく、シチュエーションで着る物を変えるという習慣がないのだろう。対してシエルは、ふんわりとしたチュニックにセーターを合わせたコーディネートだ。学校で着るワンピース型の制服は可愛《かわい》いが、軍服の名残か堅苦しくも感じるので、休日は緩い格好を選びがちである。

車窓が切り取る風景は湖を越え森を抜け、徐々に建築物の割合が増加していった。

目的地まであと少しだ。

ロナードとシエルは学校の外出許可を受け、島からもっとも近い繁華街に向かっていた。

「それで、お前はどうしてここに?」

「えっと、クリス先生からロナード先生とデー……じゃなくて、先生についていくように言われて」

もごもごとシエルは出かかった「デート」の音を飲み込む。

教師と二人きりで学校を飛び出し、街へ繰り出すというのは不思議な感覚だ。

〝乗車券は取っておいたから。明日この便に乗ればロナードと二人っきりだよ〟

改めて、クリスの手腕に恐れ入る。身勝手な一生徒の希望を、何故そうまでして叶《かな》えてくれたのかについては疑問が残るが。

しかし、この状況をロナードは何とも思っていないのだろうか？

彼の表情をうかがうと、そこに困惑の色はなかった。

「……なるほど、助《すけ》っ人《と》という事か」

「はい？」

一人納得したようにロナードは頷く。

なんのことやらと混乱していると、列車の揺れが穏やかになっていき、駅に着いた。

「状況は理解した。では、行くとするか」

「ちょ、ちょっと待ってください！　結局、何を買いに行くんです？」

「不明だ」

「……へ？」

「クリスから買い出しの品名は指定されていない。こちらで選んでほしいと頼まれた」

「それってどういう」

「依頼の品は、あいつの妹に贈るプレゼントだ。来週、誕生日を迎えるらしい」

「クリス先生の妹さん？　その誕プレを……ロナード先生が？」

「誕生日プレゼントは毎年、誰かに選んでもらっていると言っていた。そういうジンクスがあるんだそうだ」

〝僕が選ぶと、決まってあの子が欲しくない物を選んじゃうんだ〟

と、ロナードはクリスの口調を真似《まね》てみせた。正直、再現度はかなり低い。

「だからといって俺を指名したのは明らかなミスだが……お前が来てくれて助かった」

瑠璃のような双眸《そうぼう》が、ゆっくりと細まっていく。

素っ気ない態度と無表情の狭間《はざま》から突如現れた微笑は、不意打ちだった。

とくんと心臓が高鳴るのが分かる。

「少なくとも、俺より贈り先と感性が近いだろう……頼りにしている」

「は、はい……」

シエルはロナードの後に続いた。

たどたどしい足取りがばれてしまわないか、少し不安を覚えながら。

島の外に遊びに行くのは、秋学期に入ってからだと初めてだ。

春学期は、ウィリーやモアナと一緒に休日によく繰り出したものである。

事前に申請しておけば、外出許可を取るのはそれほど苦労しない。

最寄りの市街地は、士官学校の生徒にとって羽を伸ばすにはぴったりのスポットだ。

ロロディ島にも商業施設、娯楽施設の類《たぐい》はあるのだが、あくまで必要最低限である。

プレゼント選びも、島内では難航していたことだろう。

「本当に良かったんですか？　全部私が選んじゃって。ほとんど直感ですけど……」

休憩に立ち寄ったカフェテラスで、シエルは複雑な表情を浮かべていた。

背伸びをして頼んだブラックコーヒーは苦かったが、表情の理由はそれではない。

外出の目的が、あまりにもスムーズに達せられてしまったからだ。

クリスの妹へ贈るプレゼント選びは、結局のところ昼食前に終了した。

四人掛けテーブルの空席には、膨らんだ紙袋が置かれている。

中身はバースデープレゼントに定番の生花とメッセージカード。そしてリボンでラッピングされた腕時計の箱が入っていた。全てシエルが気の向くままに選んだものである。

カードと時計はデザインの可愛さに一目惚《ひとめぼ》れし、ミオソティスの生花に至っては、エケクルスみたいな藍色が綺麗《きれい》だからという理由だった。贈る相手の趣味嗜好《しこう》を置いてけぼりにしたチョイスだというのに、ロナードは疑うことなくこちらの意見を採用し、あれよあれよと言う間にプレゼント選びは終わりを迎えた。

今更ではあるが、もっとじっくり考えた方が良かったのではとシエルは不安を覚える。

「むしろ、それでいい。迅速な判断力はパイロットにとって重要な資質だからな」

ロナードはコーヒーカップに口を付け、すぐに離した。眉間にしわが寄っている。おそらく、猫舌なのだろう。ロナードの苦手なもののリストがまた一つ、シエルの中で更新された。

「それに、あいつから頼まれたのはプレゼントの買い出しまで。妹が気に入るかどうかは約束の範囲外だ」

コーヒーに息を吹きかけていた口の端がわずかに上がる。

気の置けない友人に、意地悪するときのような顔。

そんな顔もできるんだ……

「ちょっと驚きです。先生ってクリス先生と仲良かったんですね」

「……意外か？」

「そうですよ。だって、全然性格違うじゃないですか。クリス先生は物腰柔らかで、いつもニコニコしているけど……先生はぶっきらぼうで、ずっとムスッとしているし」

「すまない。もしかして……俺は、いま面と向かって悪口を言われているのか？」

「ち、違います！　本当のことを言っただけで……あ！　客観的事実って意味です！」

「フォローになってないぞ」

シエルは首と手をぶんぶんと振って弁明した。

「と、とにかく……二人が話している様子が全く想像できないって話ですよ。きっかけは何だったんですか？」

「成り行きだ。チェスの対戦をせがまれて付き合ってやったら、妙に気に入られた。以来、時々あいつと指している」

「へぇ……チェスですか。私にも覚えられますかね？」

ロナードのスプーンの持ち方が、駒をつまむそれに変わる。

「安心しろ、式典が終われば兵棋演習《へいぎ》がスタートする。そこで覚えられなければ落第だ」

「それ、全然安心じゃないですよ！」

慌てふためくシエルの様子に、ロナードはくくっとのどを鳴らす。

まさか、彼にからかわれる日が来ようとは。

「ちなみに勝率はどっちが高いんです？」

「悔しいが、圧倒的にクリスだな。先日も負かされた。加えて、全部お見通しと言わんばかりに俺の打ち筋まで解説してきて……」

そこで、彼は不意に言葉を切った。視線が落ちてカップへと注がれる。

今ロナードが見ているものは、コーヒーに映る自分自身だ。

「俺は……変わったと思うか？」

脈絡のない問いかけに、シエルは両目を瞬《またた》かせた。

「どうしたんですか、急に？」

「……いや、何でもない。忘れてくれ」

「変わりましたよ」

シエルは迷いなく、はっきりと答えた。

質問の意図が何であれ、ロナードの変化は紛うことなき事実である。

もしその変化に戸惑っているのならば、肯定してあげたい。

背中を押してあげたい。

カップを口に運び、シエルは意気込むようにコーヒーを飲み込む。

苦みには未だ慣れないが、熱を帯びた塊はじんわりと胸を温めてくれた。

「私は、今の先生の方が好きです。話しやすいし、それに……」

初めてロナードを見た授業のことを思い出す。

あの時の彼は、厭世《えんせい》的な内面を隠すことなく晒《さら》していた。まるで、世界のどこにも居場所がないと思いこんでいる捨て猫みたいに。常に牙と爪を見せつけ、警戒していた。

でも今は、自分やクリスに心を許してくれている。少なくとも、シエルはそう感じていた。

「そうか……なら、礼を言わないとな」

「えっ？」

「たぶん、変わるきっかけをくれたのは、お前だから」

ロナードが角砂糖を一つ摘まみ、シエルのカップへと放りこんだ。コーヒーの苦さに顔をしかめたのを見かねてのことだろう。

白くて甘い固まりは、みるみるうちに熱に溶かされて沈んでいった。

「お前が無事で良かった。捕竜実習では、危険な飛行に付き合わせてすまなかった」

「い、いえ！　先生のせいじゃありませんよ！　それに、怪我《けが》もしなかったですし」

「だが……あの時、パニックに陥っていただろう？」

「それは、まぁ」

「軍にいた頃、似たような奴を何人も見てきた。本物の殺意にあてられて、正気を保てなくなるのは珍しいことじゃない。あれから、身体に異常はないか？」

「あはは……大げさですよ。ちょっと、昔のトラウマがぶり返しただけで」

「トラウマ？」

「小さい頃……一度だけ、戦闘に巻き込まれたことがあるんです」

七年前。あと少しで、年齢が二桁になろうかという日。

あれは、シエルが唯一戦争を体験した記憶だった。

「その時、私は街の皆と一緒に疎開列車に乗っていました。そしたら、敵の《竜》に見つかって、囲まれて……」

「逃げる民間人を、わざわざ襲撃したのか？」

「軍関係の列車と勘違いしていたみたいですけど……」

後に母から聞いたことだ。しかし、真偽のほどは分からない。

とにかく、乗員二百名は無防備な状態で、《爪》《バルカン》の掃射を浴びる窮地に立たされていた。

今でも列車に苦手意識を抱いてしまうのも、殺意に過剰におびえてしまうのも、おそらく元凶はこの経験だろう。本来であれば、蓋をして忘れてしまいたい記憶だが、今でも鮮明に覚えているのには訳があった。

「無事に疎開できたのは、助けてくれた《竜》がいたからです」

あの日、植え付けられたのはトラウマだけではなかった。憧れもあったのだ。

姫を守る騎士のように駆けつけ、守ってくれた《竜》の姿にシエルは焦がれ、虜《とりこ》になった。

あんな風に空を飛びたいと。

今のシエルを形作るきっかけとなった、あの《竜》の色は確か——

「先生のエケクルスみたいな……藍色の《竜》」

偶然、口をついて出た言葉。

それが頭の中にくすぶっていた霧を晴らしていった。

愛竜とのエンゲージから、ずっと引っかかっていたものの、漠然としていた何か。

ロナードに確かめなければならないこと。

その正体は、間違いなくこれだった。

「お前は……」

ロナードは何か言いかけたが、続きは子供の泣き声によってかき消された。

思わずシエルは泣き声の方へと振り返る。すると、カフェテラスの通りに生える街路樹の下で、女の子が目にいっぱいの涙を浮かべていた。

年齢は五、六歳ほど。回らない口はひっきりなしに動かされ、嗚咽《おえつ》と一緒に感情の塊を吐き出していた。その傍らに母親とおぼしき女性がしゃがみ、おろおろと戸惑っている。どうにか泣きやまそうと試行錯誤を重ねているようだが、その努力が実を結ぶことはなかった。

「あの女の子、どうしたのかな？　怪我しているようには見えないけど」

「……あれじゃないか？」

顎をしゃくったロナードの視線を、シエルは追いかける。

街路樹が彩る紅葉に交じって、別の赤が目に入った。

逆さになった卵形のそれは、川沿いの広場で大道芸人が配っていた風船に見える。

風に飛ばされて、木の枝に引っかかってしまったのだろう。

「荷物を頼む」

「え、ちょっと先生？」

不意に立ち上がったロナードは、件《くだん》の街路樹まで歩を進めると、何の躊躇《ちゅうちょ》もなく登りだした。わずかな凹凸に手と足をかけ、幹にしがみつく様は本当に猫みたいだ。

目的の枝まで移動して風船の紐《ひも》をつかむと、ぴょんとジャンプして着地する。

「ほら、次はしっかり握っておけ」

女の子に目線を合わせるようひざまずいて、ロナードは風船を突き出す。相手は一瞬、驚いたように目を開いていたが、すぐに満開の笑顔を咲かせた。

「ありがと、おにーさん！」

娘が泣《な》き止《や》み、母親は感謝してロナードへ頭を下げた。

一連のやりとりの後、シエルは彼の元へ駆け寄っていく。

「身軽ですね。上まですいすい登っちゃうなんて」

「木登りは、前に散々やらされたからな」

「訓練ですか？」

「いや、女性ものの下着をよく取っていたんだ」

「どういう状況ですかそれ⁉」

予想外すぎる返答に、反射的に叫んでしまった。

ロナードに抱くイメージが尊敬できる師から一転し、変態へとあわや急降下しそうになる。

どうか思い違いであってほしい。真相究明のために根ほり葉ほり質問をしようとした直前、横からくいくいと引っ張られる感覚があった。

「なにかおちたよ」

袖《そで》を掴んできたのは、さっきの女の子だった。

ぷっくりとした小さな手には、黒いケースが握られている。メガネや万年筆が入っていそうな細長い革製のそれを確認すると、「俺のものだ」とロナードが手を挙げた。

「さっき着地するときに落ちたんだろう」

中身を開くと、光沢の眩《まぶ》しい直方体が現れる。側面には小さな穴がびっしりと並んで開いていた。

「それ、もしかしてハーモニカですか？」

「あぁ……」

「表面にあしらわれてるのって《竜》の鱗《うろこ》ですよね……うわぁ、きれい」

関心を寄せるシエルをよそに、ロナードは淡々と音を鳴らしていった。輪郭のはっきりとした響きが、高音と低音を行き来する。一通り音を出し終えた所で、彼はマウスピースから口を離した。

「壊れてはいないようだ」

「先生。何か一曲、吹いてくださいよ」

「いま、ここでか？」

あからさまに面倒そうな声色。ここから首を縦に振らせるのは至難の業だろう。

だが、シエルには心強い味方がいた。

「おうた、ふけるの？」

期待を寄せる上目遣いで、女の子がロナードの膝元へと迫る。その双眸は満天の空のようにきらきらと輝きを放っていた。人の心があれば、そうそう無下にできるものではない。

「ほらほら、この子も心待ちにしていますよ?」

「幼子《おさなご》をだしに使うな……まったく、吹けばいいんだろう」

観念したと言わんばかりに、ロナードは肩を落とした。

「あまり期待するな。俺が吹けるのは、これ一曲だけだ」

ロナードはハーモニカを大事そうに手で包み、目を伏せるとマウスピースに息を吹き込んだ。

内側のリードが震え、涼しげで懐かしい音が奏でられる。

響きに迷いはなく、それらはつながり、やがて旋律へと姿を変える。

聞き覚えのあるメロディは童謡をアレンジしたものだ。

初学者向けの定番で、特に目を引く技巧はない。それでも道行く人々の何名かは足を止めて、ロナードのハーモニカに耳を傾けた。

屋外での演奏が物珍しかったのか、懐かしいメロディが郷愁を誘ったのかはわからない。

曲が終わると同時に、彼に温かな拍手が送られた。

演奏に集中して瞳を閉じていたロナードは、不思議そうに周囲を見回す。

どうすればいいのか分かっていないみたいだ。

「聞いてくれてありがとう、ってお礼をすればいいんですよ」

そっと耳打ちすると、ロナードは「こうか？」とたどたどしく頭を下げた。

シエルが答えるまでもなく、拍手が広がっていく。

いま、世界は彼を認めていた。それがシエルには誇らしかった。


――――


その様子を、裏路地から覗《のぞ》く人影が一つ――

虚《うつ》ろな眼《め》は悲しみと憎しみですっかり干からびて、一滴の涙も浮かんでいなかった。

＊＊＊

イドラ・バーマス……夫の死について、知らされていない事実がある。

そんな内容の電話がかかってきたのは、七日前のことである。

最初は当然、怪しいと思った。詐欺か、あるいは悪徳宗教の類かと。

しかし、電話の主はこちらの資産に興味がなく、神秘論を講じるでもなく、ただ淡々と情報だけを示していった。あまりに具体的で、しかもデタラメと断じるには辻褄《つじつま》が合いすぎていて、正直怖くなった。同時に、真実を確かめなければと心に火がついた。

そして先日、夫の勤務していたフレデフォート基地に押し掛け、ようやく裏が取れた。

確かに、夫の《竜》を撃墜したのは空賊だった。

だが、本来であれば、その戦闘は避けられたはずだった。

では、なぜ戦闘は起きてしまったのか。

それは、独断専行の末、無理矢理夫の乗った僚機を先導した人間がいるからだ。

「ロナード・フォーゲル……ご存知ですよね？　彼が諸悪の根源です。ご主人のイドラさんは、彼のせいで命を落とした」

電話の主は獲物でも差し出すように、その名を口にした。

「……それは、結果論です。たとえ、そうだったとしても……私はロナードさんを恨むことはできません」

「何故です？　亡くなったご主人の遺志に背いてしまうから……ですか？」

核心を突かれ、彼女の胸が締め付けられる。

「そうです。憎み合う時代は終わった。これからは笑える世界にしていく。それが、あの人の夢だったから……だから！」

「実に健気《けなげ》で尊い。しかし、同じくらい哀れだ。ご主人を死に追いやった当のロナードは……もう彼のことなど忘れてしまっているというのに」

まるで、足元が崩れたかのようだった。

「そんなこと……ありえません！　彼は夫の墓前で苦しんでいました」

「では、きっとそれは演技だったのでしょう。あなたに恨まれないための保険として、そう振る舞ったのか。それとも単なる気まぐれか……いずれにせよ、ご主人の死を悼《いた》んでいるのは、あなただけです」

「……嘘《うそ》」

「今のロナードの職場をご存知ですか？　ご主人が赴任されるはずだった、士官学校ですよ。そこで彼は空を飛び、生徒から慕われ、新しい生活を謳歌《おうか》している。ご主人が享受するはずだったものなのに。それら全てを掠《かす》め取《と》って」

「もう、やめてください……そんな話、信じません！」

「では、ご自身の目で確かめてみるといい。今から言う日時に、ある場所に来てください。ロナードもやってきます。彼を恨むかどうかは……そこで決めればいい」

気付けば、涙も嗚咽も止まらず、胸の内はぐちゃぐちゃになっていた。

その感情は、決して抱かないと誓ったはずだ。

夫の遺志を尊重し、幾重にも固く封じたはずだ。

しかし今、電話の主によって、誓いはゆっくりと着実に解《ほど》けていった。

感情が望まぬ方へ流れていく居心地の悪さに、吐きそうになる。

彼女は祈るように胸を押さえた。

「嫌……私は、恨みたくない」

しかし、電話の主が語りを止めることはなかった。

「律儀にご主人の遺志を守り通しても、あなたが辛《つら》い思いをするだけだ。それこそ、ご主人が浮かばれない」
まるで悪魔の誘惑のように、電話の主は囁《ささや》く。
「さぁ……もう、楽になりましょう」
結論から言えば、何もかも電話の主が話した通りだった。
迷った末、指定された場所に赴くと、予告通りロナードが現れた。
苦しみから解放された、能天気な笑みを浮かべて。
夫の死など忘れたような、弛緩《しかん》した雰囲気で。
穏やかな音楽を奏で、周囲から拍手を送られていた。
黒い渦が、身体中を駆け巡っていく。
情動が閾値《しきいち》を超え、視界が赤く滲んだ。
彼が憎い。その感情をはっきりと自覚する。
夫の遺志がブレーキとなることは……もうなかった。
衝動に身を任せ、路地裏から駆けだした。
刃の切っ先は、しっかりとロナードの心臓に向かっていた。

＊＊＊

ロナードが背後に強烈な殺気を覚えたのは、商店街を抜けて人通りの少ない道に入った直後のことだった。秋の穏やかな昼下がりに不相応な絶叫が響きわたる。

怨念めいたそれは、ガラスを爪で引っかいたかのように鼓膜にまとわりついた。

反射的に振り返ると、フードを被った何者かが助走をつけてこちらに向かってきていた。

フードから覗く長髪と、声の高さからおそらく女性だろう。ギラついた物を両手で握り、胸元で構えている。刃物か針かは不明だが、凶器であるのは確実だ。危険を察知した身体は条件反射で防御に入った。護身術の一連の流れが、機械仕掛けのようにフルオートで再生される。

突き出された手首をつかみ、捻《ひね》りあげ、バランスを崩す。相手の体重は思いの外軽く、身体は空中で半回転して地面に叩きつけられた。本来であれば、すかさず背中に伸《の》し掛かって自由を奪うところだが、その必要はなさそうだ。派手に身体を打ち付けた襲撃者は、激痛に耐えかねてのたうち回っていた。

一瞬の出来事に呆然《ぼうぜん》としていたシエルは、はっと我に返ってロナードに呼びかける。

「先生！　大丈夫ですか！」

「あぁ、問題ない」

暗殺に長《た》けた者ならともかく、いま襲ってきたのは素人に相違ない。襲撃前に声を上げてしまう点など、まさにその典型だ。さしずめ、金目当ての強盗といったところか。

繁華街で見せた羽振りの良さから、金持ちと勘違いされたのかもしれない。

足下に転がったナイフを排水溝に蹴り落としつつ、ロナードは襲撃者のフードをはがした。

現れたのは予想に反して、見覚えのある顔だった。

「……あなたは、イドラの」

「この人殺し！」

イドラの妻は、開口一番そう罵ってきた。突然のことに、ロナードは呆気《あっけ》にとられる。ネテウ市街地で彼女と鉢合わせたこと、さらには命を狙われたことに驚きを隠せない。だが、それ以上に驚いたのは、彼女の変貌ぶりである。

最後に彼女と会ったのは、親友の墓前。そこで見せた慈悲深い天使のような微笑《ほほえ》みは、干上がったように消え失《き》せ《う》ていた。

今の彼女を覆っているのは、闇を濃縮したようなドス黒い憎悪である。

「どうして死んだのが、あなたじゃなくてあの人なの！　あなたのせいなんでしょ！　イドラが死んだのは！」

「なにを――」

「とぼけないで！　あなたが身勝手に飛んだから、待ち伏せしていた空賊にまんまと撃たれた。イドラは、それに巻き込まれた！　あなたの責任じゃない……どうせそうやって、大戦中も仲間を死なせてきたんでしょ！」

ざくりと、古傷がえぐれる音がした。

彼女が突き立てようとした鉄の刃はロナードの身体にこそ届かなかったものの、言葉の刃は深々と胸に食い込んだ。罪悪感のかさぶたが剥がれて、傷からドクドクと血が流れ出す。

長らく忘れていた痛みだった。

「あなただけ生き残ったのに、どうして笑っていられるの！　何で全部忘れたみたいに、報われたみたいに笑っていられるのよ！」

浴びせられる罵倒の数々は、かつてイドラの墓前でロナードが欲したものだった。

あの時であれば彼女の言葉は罪悪感の鎮痛剤として、ロナードを救ってくれたかもしれない。

だが、今は真逆であった。

失っていた目的を見つけ、世界との折り合いの付け方も分かってきた矢先に、ロナードは後ろから刺されたのである。

過去という、後ろから。

「夫のことを忘れて、やり直そうなんて思ってるなら、絶対に私が許さない……」

ロナードの唇は凍ったように動かなかった。

胸に渦巻く感情も、吐露したい懺悔《ざんげ》も喉元まで出掛かっている。だが、今さら言葉を紡いだところでどうなるというのだろう。

釈明か謝罪か。いずれにしても、そんなものは眼前の女性に届かない。当然、自分自身にも。

「俺は……何を勘違いしていたんだろうな」

自分にしか聞こえない声で、ロナードはぼそりと呟《つぶや》いた。

分かっていたことだった。未来は変えられない。過去からは逃れられない。連綿と続く時間を断ち切って、ゼロからやり直すなど不可能なのだ。

そんな簡単な事実すら忘れてしまうから、無様にしっぺ返しを食らう羽目になる。

「どうされました！」

ロナードの意識を現実へと引き戻したのは、付近を巡回していた警官だった。

いつの間にかシエルが助けを呼んでいたらしい。

ロナードは機械的に事情聴取へ応じた。最早《もはや》、何の感情も湧いてこなかった。

「……わかりました。とりあえず、詳しい話は署で伺いますのでご同行を」

警官は地面に伏している女性に手錠をかけ、ロナードにもついてくるよう促してくる。

ロナードは心配そうな表情を浮かべるシエルに対し、突き放すような口調で言った。

「お前は、帰れ」

「え、でも……」

「来ないでくれ。お願いだ」

予報では快晴だったはずの空に、暗雲が立ちこめていた。

やはり、ここに自分の居場所はない。自分にあるのは死に場所……それだけだ。

せっかく手に入れたはずの希望を幻と割り切って、ロナードは再び堕《お》ちることを心に決めた。

もう二度と、自分が報われないように祈りながら。

＊＊＊

煙のように黒い雲が、大粒の雨を地上へとまき散らしていた。ザーザーという音が列車を叩き包み込む。車窓から覗く歪《ゆが》んだ景色を眺めながら、シエルは独り復路の電車に揺られていた。

「災難だったね、シエル君」

終点である島内の駅に降りると、柔らかな声が近づいてきた。

「……クリス先生」

傘を差しだしてきた人物をシエルは見上げる。彼は事の経緯を全て理解しているようだった。

「ついさっき、市警から士官学校《ウチ》に連絡が来てね。本当に、無事で何よりだ」

「私は、全然平気です。でも、ロナード先生が……」

「怪我をしたのかい？　電話では、彼も無傷だと言っていたけれど？」

「いえ、そういうわけじゃ……なくて」

あの時、確かにロナードが傷ついていた。でも、それをどのように言葉にすればよいのか分からない。口ごもった末に、結局出てきたのは別の話題だった。

「それより、ロナード先生はなんて？」

「今は事情聴取の真っ最中みたいだ。遅くなりそうだから、今日は島外で泊まってくるって」

クリスは目尻を下げて、申し訳なさそうに頭を振った。

「君らには、どう謝ったらいいのか。僕の計らいがきっかけで、怖い目に遭わせてしまった」

「クリス先生のせいじゃないですよ」

では誰のせいなのか。水中に生じた泡みたいに、疑問が胸中を上ってくる。

思い出すのは、鼓膜にべったりと張り付いたあの怨嗟《えんさ》だ。

——あなたのせいなんでしょ！

耳にするだけで身体の節々が痛くなるような黒い感情。

もしあれが、自分に浴びせられたものだったら、と想像するだけでゾッとする。

「ロナードのことが心配かい？」

「はい……別れ際の先生、辛そうな顔をしていて。なのに、私は何も言ってあげられなくて」

「どうして？」

「だって、何も知らないんです……先生のこと」

ロナードの胸に深々と刺さった言葉のナイフを抜きたかった。あふれ出す血を止めて、傷口をふさぎたかった。でも、どうすればいいのか分からなかった。

シエルとロナードは、生まれた時代も、見てきた世界も、たどった軌跡もまるで違う。シエルが戦火に無縁な安全圏で空を見上げていた頃、ロナードは同じ空で命を削っていた。

先ほど襲ってきた女性が言う通りなら、そこで多くの仲間を失ったのだろう。大切な人の死、というものに直面した状況を思い描いてみる。果てしない喪失感があることは予想できるが、想像はできなかった。そんな惨状、経験しないに越したことはない。だが、シエルは悔しかった。ロナードの痛みを理解できないことが。

「知りたいかい?」

「……え?」

不意に発せられた問いに、シエルは顔を上げた。

「彼の過去、彼の罪、彼の背負っているもの……それらを知りたいかい、と聞いているんだ」

「それって、どういう――」

言い終える前に、鈍色の輝きがクリスの胸ポケットから現れた。

それをクルクルと回し、彼は微笑を浮かべる。

「教員寮のマスターキーだ。なに、心配ないよ。ロナードは今日、確実に帰ってこないから」

明言こそ避けていたが、クリスの意図は明らかだった。

ロナードがいない隙に、彼の部屋を探ってみてはどうかと誘っているのだ。

当然、シエルは大きく手を振って拒絶した。

「だ、だめですよ！　そんなの！」

建前で買い物についていくのとは訳が違う。他人の部屋を物色するなど、軽犯罪の類《たぐい》だ。生徒の模範となるべき教師がする提案とは、到底思えない。

だが、なおもクリスは続けた。

「無断で入るのが嫌かい？　なら、理由をあげよう。僕は、妹へのプレゼントをロナードから直接受け取りたい。中身を知らないままでね。だから、そのプレゼントの袋を一旦、彼の部屋まで運んでくれると助かるんだけど……頼まれてくれないかな？」

甘い誘惑はロナードを知りたいという好奇心と、彼を助けたいという使命感の間にすっぽりと潜り込んできた。同時に、善悪の天秤《てんびん》がゆらゆらと揺れ始める。

最終的にシエルが選んだのは……

「そういう、ことでしたら」

「助かるよ」

手渡されたマスターキーは、氷のように冷たかった。

後ろめたい感情が今さら芽生えてきたがもう遅い。

「そういえば、デートの目的……ロナードに確かめたかったことって、もう裏がとれたのかい?」

「いえ……あと少しの所までいったんですけど」

傘に隠れて、クリスの表情は分からない。

だが、心なしか彼の口の端がわずかにつり上がった気がした。

「ちょうどいい。その答えも、きっとそこにはあるはずだよ」


予科寮の消灯時間まで、残り一時間。その間にロナードの部屋に行き、荷物を届けるだけ。

何もやましいことはないはず。

シエルは改めて自分に言い聞かせ、教員寮へと足を進めた。

クリスが手を回してくれていたためか、途中で警備員と遭遇することはなかった。

寮の玄関も開け放たれており、まるでシエルを誘っているかのようである。

シエルは、たぐり寄せられるように目的の場所に着いた。

クリスから預かったマスターキーを鍵穴に差し込む。

ガチャリという重々しくて無機質な金属音が手に伝わる。

扉が開いて現れたのは部屋ではなく、ただの空間だった。キッチンには皿もフォークもなく、ソファもベッドも置かれていない。カーテンの掛かっていない窓からは、島の夜景が丸見えだ。人が暮らしているはずのそこには、生活の痕跡がほとんど残っていなかった。

あるのは、隅に重ねて置かれた箱くらいだ。

雲間から月が顔を出し、柔らかい光が部屋の中に差し込む。

すると、箱の上に載っていた何かが月光を反射した。

「これって……先生が吹いていたのと同じハーモニカかな？　壊れてるみたいだけど」

箱の上には二つの物があった。一つは、葉書大の裏返されたコルクボード。もう一つは、昼に見たのとそっくりなハーモニカだ。しかし、こちらは所々黒く汚れ、輪郭も熱で溶かされたように凸凹《でこぼこ》になっていた。これでは、まともに吹くことすらかなわない。

物が極端に少ない部屋に、壊れた楽器が存在しているのはある意味異質だった。

ひしゃげた銀の塊を元の位置に戻し、今度は隣のコルクボードに手を伸ばす。

「え――」

シエルの手の中で、一人の女性が笑っていた。

ボードの正体はフォトフレームであり、裏返すと一枚の写真が収まっていた。得意げで自信に満ちあふれ、どこまでも引っ張ってくれそうな笑顔。シエルはそれをよく知っていた。

「リコ、お姉ちゃん……」

呼び慣れた音の形に唇が動く。記憶の中より歳を重ねていたが、写っているのは姉の姿だ。幼さを残す目鼻立ちも、いたずらっぽい八重歯も、遠い過去に見て触れたものに間違いない。

「何をしている」

突如背後から声がして、シエルはびくっと肩を震わせた。振り返ると、いつの間にかロナードが立っている。今日は帰ってこないものと油断していたシエルは、頭の中が真っ白になった。

「先生⁉　なんで、こんな早く……」

「エケクルスで帰ってきた。それより、どうしてお前が俺の部屋に――」

そう言い掛けて、言葉が途切れる。彼の瞳は、シエルの手の中にある物を凝視していた。

「なるほど……やはり、そういうことか」

シエルと写真に写る人物を見比べ、ロナードは一人納得したように頷いた。

ポケットからハーモニカを取り出すと、その拍子に彼の前髪が落ちてその表情を覆い隠す。

「リコの言っていた、こいつを渡したい相手というのは……お前だったんだな」

「……お姉ちゃんを、知ってるんですか？」

「あぁ、俺の部隊の隊長だった」

「すごい偶然……というかもう奇跡ですね！　あの、お姉ちゃん元気でしたか？　というか、今はどこの部隊で飛んでるか知ってます？　……あ、すみません。べらべらと」

興奮を抑えるように、シエルは胸の前で両手を握る。まさか、ロナードと姉に繋《つな》がりがあるなんて思いもしなかった。何となく遠くに感じていた彼との距離が、一気に近づくのを感じる。

「お姉ちゃんとは、親の都合で別々で暮らすことになって。それから、会えてないんです」

両親の離別の理由は分からない。今でも母親は教えてくれないが、少なくとも円満な離婚ではないだろう。あれ以来、父親とは一度も連絡がついていない。

対照的に、父に付いていった姉は定期的に手紙をくれた。

生き生きと綴《つづ》られる内容は、ほとんどが《竜》についてのものだった。

《竜》と一体になって空を飛ぶ感動や、大空からの絶景。それらが文字を通して流れ込んで、シエルは幼心に姉の見る世界を見たいと願った。

「手紙で、竜騎のエースパイロットになったってことは知っていました。でも、大戦中のごたごたでそれも届かなくなっちゃって……だから、この士官学校に入れば、もしかしたらお姉ちゃんに会う手がかりがあるかもって思って！」

かなり低い確率であることは理解している。きっかけがあるとしても、本科に上がって各地の駐屯地を転々とする実務訓練を待たなければならないと思っていた。

だが実際は、入学して二年目に答えを持つ人物と巡り合えた。こんなに嬉《うれ》しい誤算はない。

「それで、先生。お姉ちゃんは——」

「死んだ」

一歩退いた左足が床を軋《きし》ませ、ぎぃっと苦しそうな音が響いた。

「……え？」

「聞こえなかったか？　リコ・エングニスは、竜騎での戦闘中に撃墜されて死んだ。もう……この世にはいない」

「う……嘘ですよね」

淡々と繰り返される言葉に、淡い期待を被せてみる。

しかし、ロナードはただ沈黙を貫くだけだった。

それが余計に、現実の揺るがなさを物語っていた。

「だって、お姉ちゃん……体は弱かったけど私より全然元気だし……それに隊長ってことは、先生より強い竜騎だったんですよね？　なら——」

「あぁ……優秀な竜騎だった。俺がしくじらなければ、死ぬことはなかった。アイツを殺したのは……俺だ」

絞り出すような声。彼は胸元を押さえながら続けた。

「大切な家族を奪った相手だ。憎いだろ？　殺してやりたいと思うだろ？」

「そんなこと……ありません」

声を震わせながらも、シエルは首を横に振る。

「いきなりこんなこと知らされて、気持ちの整理はできませんけど……でも、私は先生のことを憎むなんて絶対に――」

「そうでないと困るんだよ！」

ようやく顔を上げたロナードの顔は、恐ろしく冷たい笑みを浮かべていた。

涙も感情も尽《ことごと》く乾きって、瞳に渦巻いているのは虚無だけだ。

「俺は、誰よりも自分が憎いんだ。大切だった仲間を、何人も何人も見殺しにして、生き残ってしまった自分が。その後ものうのうと息をしている自分が」

何より、それを踏み越えてやり直そうとしていた自分が……憎い。

ロナードは、言葉を切って腰から拳銃を取り出した。

スライドを引いて実包の存在を確認すると、己に銃口を向け、銃身を握ってシエルへと渡そうとする。

「俺は……俺を罰することはできても裁くことはできない。だから、頼む――」

差し出された凶器をシエルは受け取ることができなかった。

代わりに取った選択肢は、逃避だった。

＊＊＊

「おや、ロナード。こんな夜更けにどうしたのかな？」

扉の部屋をノックすると、すぐさまクリスが顔を出した。

部屋から漏れ出す灯《あか》りが逆光となって、わざとらしい笑みを照らし出す。

こちらの来訪を待ちわびていたかのようだった。

「ひどい顔だよ。序盤で放置していたビショップに、背後から突然刺されでもしたのかい？」

試すような口振りが激情を煽る。ロナードは勢いのまま、クリスの襟元につかみかかった。予想通りなのか、依然として彼の表情は涼しいままだ。

「おいおい……口で言ってくれなきゃ分からないよ」

「イドラの妻の取り調べに同席した。彼女に電話して、今回の凶行を起こすようにけしかけた奴がいる……そいつは、俺が今日あの場に行くことを知っていた」

なぜ電話の主は、ロナードの行動を把握していたのか。

答えは明白である。その人物が、ロナードに指示したからだ。

今日あの場所へ行き、妹のプレゼントを買ってきてほしいと。

「……お前だな、クリス」

部屋のテーブルに置かれたチェス盤が目に入る。

駒の配置は最後にクリスがチェックメイトを決めた時と同じだった。偶然であるはずがない。

彼はこの局面を狙っていた。盤面でも、現実でも。

「ご明察。まぁ、さすがにバレるよね」

「なぜ、あんなことをした！」

気付けばロナードは、襟首をつかんだままクリスを殴りつけていた。

「あの人は、イドラの死を受け入れて前に進もうとしていたのに……お前は！」

二発、三発とクリスの頬に拳がめり込む。四発目で唇が切れ、血が飛び散った。

しかし、クリスは表情を変えず抵抗一つ見せない。死体を殴り続けるような気味悪さに、ロナードはぞっとした。情動の荒波が徐々に収まっていく。

ロナードの拳から力が抜けるのを見て、クリスは襟を正した。

「気が済んだかい？　じゃあ、理由を教えてあげるよ。その方があの人のためと思ったからさ」

演説でも始めるかのように、クリスは悠然と両手を広げる。

「この世界みたいに、今まで積み重ねてきた憎悪を綺麗さっぱりなかったことにして、やり直そうなんて無理な話だ。そんな歪みを人間に課せば、いずれ大きな反動を食らうことになる。だから風船がはちきれる前に、僕がきっかけという針でつついてあげた。それだけだよ」

声色そのものは普段と何ら変わりない。柔らかで聞き心地の良い優《い》しい語り。

だが、時折覗かせる熱と闇をロナードは嗅ぎ取っていた。

「それに、君にならら分かってもらえると思ったんだ。愚かにもやり直そうとして失敗した……君にならら。僕の気持ちが」

「わかるわけ……ないだろう」

「でも、興味はあるんじゃないかな？　僕がこんなことをしでかした経緯については」

クリスは身を翻し、手招きする。

「立ち話もなんだ、指しながら話そうよ。初めての対局の時みたいに、君の知りたいことには答えるからさ」

先にチェス盤の前に座ったクリスに、ロナードは睨みを利かせる。

これが罠《わな》であることは明らかだ。クリスは盤上のゲームを通じて、また何か仕掛けてくるに違いない。しかし、誘いに乗る以外、情報を引き出す術《すべ》がないのも確かであった。

それに、何が彼をここまで駆り立てたのか。知りたくないと言えば嘘になる。

沈思黙考を経て、ロナードは渋々チェス盤の前に座った。

コイントスの結果、クリス黒番、ロナード白番で対局が始まった。

「お前は……どこまで俺のことを知っている？」

「だいたいはね。君のことも君の教え子のことも、対外的なものからプライベートに至るまで、ありとあらゆる情報を把握しているつもりだ。例えば、戦死した王立特務飛行隊隊長の妹が、ここに通っていることとか。君がその隊長と懇意にしていたこととか……」

クリスは序盤から手堅い布陣を展開し、着々と戦略的優位を築いていく。

おそらく現実でも、持てる情報を駒にして似たように立ち回っていたのだろう。

気づかないうちに、ロナードもまた操られていたわけである。

「ここまで仕組んでおいて……一体何が目的だ」

「そう睨まないでくれよ。確かに、今日君らを巡り合わせたのは、僕の計らいによるものさ。でも、この学《まな》び舎《や》に君と彼女と、僕が集《つど》ったのは紛れもない偶然……運命と言っていい」

なぜ、クリスが自身を含めたのかロナードは疑問に思った。

彼もまた、ロナードが認知していないだけで、己の過去に関係した人物なのだろうか。

そんなことに注意を取られていると、黒のドラゴンによって白のナイトが討たれる。途端に周辺の支配力を奪われ、キングの防衛網が薄くなった。犠牲を覚悟で、ロナードはポーンを押し出す。

「あの日も、ちょうどこんな雨だったね」

しみじみとした口調で語りながら、クリスの攻撃の手は激しさを増していった。

ロナードは牽制《けんせい》をかけようと己のドラゴンを摑む。

「君らは襲い来るドラゴンからキングを守ろうと、必死に戦っていた。数では相手が圧倒的有利。だが、無謀にも戦いを挑んでしまった。結果……多くの駒が大空に散っていった」

その言葉に、ロナードの眉が大きく上がった。駒をつまんだ指先が凍ったようにピタリと止まる。脳裏に焼き付いた凄惨な光景が、突如としてよみがえる。

今視界に映っているのは、ただのゲームだ。

モノクロのマス目にたかだか三十程度の駒が並んでいるだけ。人間の記憶に比べれば、馬鹿らしくなるほどに矮小《わいしょう》な情報量。どうあっても似ても似つかぬはずなのに――

それなのに盤面の様相は、七年前の戦場を克明に再現していた。

「やっとこっちを向いてくれたね」

「……まさか、お前」

淡々と、残酷に、クリスの再現は進んでいく。

彼のドラゴンはロナードのドラゴンに討たれ、直後クリスのナイトがその仇《かたき》を取った。

どちらにとっても最も大きな存在であったドラゴンは、一瞬にして世界から姿を消した。

「あの戦いの日、僕の妹は君の部隊に殺された。そして君の恋人を、僕の部隊が殺した」

この対局に勝者はいない。そして、敗者もいない。いるのは孤独に彷徨《さまよ》うキングだけだ。

誰もいなくなった砂漠のような盤上に、彼らは二人たたずんでいた。

「僕らの失ったものは大きすぎる……多すぎる。清算してゼロからやり直すなんて不可能だ。思い出してみなよ。あの日のことを……失ったものの大きさを」

それまでせき止めていた過去が一気に溢《あふ》れてくる。視界が黒く淀《よど》んでいく。

まるで、曇天の中を延々と墜ちていくみたいだった。

ロナードとクリスの姿を、バスケットに飾られた忘れな草《ミオソティス》が眺めていた。

夜の冷気に当てられて萎《しぼ》んだ花弁は、はぎ取られた爪のようだった。

章間

醒暦1999年　12月13日　PM05：45

ソラーレ大戦末期。クロン＝ユピター連合は大規模な西方攻勢を決行した。

ヴェニウス北沿岸部に竜騎の大部隊を展開し、敵主力を海側に誘引。

その間に、別働隊が内陸の渓谷内を隠密《おんみつ》飛行し、ヴェニウス最大の工廠《こうしょう》都市＝ゲオルギナへ切り込むという大胆不敵な機動作戦である。

かねてより、綿密に計画が進められていた本作戦は、開始直後に瓦解することとなる。

原因は敵でも味方でもない、夷敵《いてき》。時を同じく、プルートの軍事介入が始まったのだ。

想定外の存在は戦場を泥沼化させ、ヴェニウスはゲオルギナの放棄を決定。

クロン＝ユピター連合も撤退を余儀なくされた。

「爆薬を抱えて、狭い渓谷の中を延々飛んできたのに……あっけない幕引きだったね」

作戦に別働隊として参加していたクリス・ブルースは、帰投命令を受け、肩を落とした。

もう、隠密飛行をする必要はない。窮屈な渓谷から抜け出すと、雨模様の空が広がる。

「いいじゃありませんか。戦いで失われる命が減って」

　プライベートの周波数で響く穏やかな声は、クリスの妹＝フェリスのものだ。ちょうどクリスの四時方向を添うようにぴったりと飛行していた。彼女が駆る黄竜《おうりゅう》＝オルバースは濡れた鱗《うろこ》によってトパーズのように輝きを放っている。

「工廠都市とはいっても、働いているのは民間人です。作戦通り奇襲が成功していれば、少なからず彼らの命も奪ってしまうところでした」

「相変わらず優しすぎるよ。本当に、なんで君みたいな人間が竜騎になっているんだか」

「私が入隊したのは、兄さんを守るためです」

「そんなに頼りないかな……？　普通、兄って妹を守る存在じゃないのかい？」

「そういう台詞《せりふ》は、模擬空戦で私に一度でも勝ってから言ってください」

「そこを突かれると、返す言葉もないね」

　帰投ルートへと機体を翻すと同時に、クリスの記憶も翻る。フェリスが入隊したと聞いたときは、耳を疑った。他人を慈しむ彼女の姿は、戦うという行為の対極に位置している。兄の真似事《まねごと》なら、すぐに諦めるだろうと思っていた。

　しかし、フェリスはそうならなかった。持ち前の優しさはそのままに……いや、だからこそ、クリスの知る限り最も強いパイロットとなっていた。

「ほんとに、何事もなく終わってよかった。これで、戦争も終わりに向かいますよね？」

　プルートの侵攻はとどまるところを知らず、ソラーレ大陸の国々は敵味方共に疲弊している。大陸内での戦争継続がもう限界だということは、司令部も気付いていた。

戦争継続か停戦か。今回の大攻勢は両派閥の雌雄を決する分水嶺の側面もあったのだ。

そして作戦失敗を受け、今後は停戦派の発言力が強まっていくだろう。

「だろうね。停戦に伴って組織が再編成されたら、兄妹そろってお払い箱かも」

「でしたら、兄さんはどうされます？」

「仮定の話をこれ以上進める気はないよ。それに、やりたい事なんてないから……」

「私は、ありますよ。戦争が終わったら……私、学校の先生になろうと思うんです」

「そうか……それは、いいね」

妹が教鞭を執る姿は、何故か容易に想像できた。少なくとも、竜騎パイロットよりは断然似合っている。クリスはしばし、穏やかな未来予想図を頭の中に広げていた。

それが引き裂かれたのは、鱗を叩く雨音に雷鳴が混じり始めた頃だった。

「全竜騎に通達。状況が変わった。直ちに現在の帰投ルートより方位を三時へ修正せよ」

前線航空管制官からの指示ではない。上層雲レベルの高度から戦場を見下ろす偵察竜からだ。搭乗する指揮官は、時々刻々と変化する戦況に対応した指揮を執るため、徹底した現場主義を掲げていた。そのため佐官でありながら、こうして最前線へと繰り出している。

妹は彼のことが苦手だと語っていた。

あの人は、勝敗すら度外視して、戦争そのものを楽しんでいる……と。

考えすぎだと、クリスは本気にしたことはなかった。その時までは。

「作戦は、失敗したはずでは？」

「敵はゲオルギナを放棄する直前、工廠から新兵器を持ち出した。貴殿等《ら》の新たな任務はこれを積載する列車の破壊だ。ゆめゆめ、ぬかりなきようにな」

指揮官からの通信が途絶える。突然の作戦変更にフェリスは戸惑っているようだった。

「そんな……管制官からは何も」

「あっちはプルートの介入で混乱している。情報伝達が遅れるときもあるさ」

クリスは愛竜バーナードと同期した網膜に、地を這《は》う鉄の箱を捉えた。

「……目標確認」

遮蔽物のない草原をノロノロと移動する様は、芋虫にも似た弱々しさである。進行方向の線路脇に《爪《バルカン》》を叩き込むと、列車はおとなしく動きを止めた。

あとは、引き金を引けば——

「兄さん待って！　よく見てください……乗ってる人たちを」

妹のただならぬ声色に促されるまま、クリスは同期した瞳の倍率を上げていった。

工廠が保有する車両にしては装甲が薄い。これは……ただの旅客列車だ。

「……女の子？」

十歳くらいだろうか。一人の少女が車窓から身体《からだ》を乗り出し、懸命に布を振っていた。

色は白。戦闘の意思はなく、降伏の意思を表している。クリスは唖然《あぜん》となった。

「これは……ゲオルギナ市民の疎開列車じゃないか？」

その事実に気が付いているのは、今のところクリスとフェリスだけだ。

他の竜騎達は上官の情報を信じ、任務遂行のため銃口を列車へと向けていた。

自分たちの行為が、無抵抗の子供の命を奪おうとしているとも知らずに。

「こちらオルバース。指揮官、先ほどの情報は誤りです！　列車に乗っているのはゲオルギナから逃げてきた一般市民……直ちに攻撃命令を中止してください！」

「あぁ、そのようだ。敵は、なんと卑劣な手を使うんだろうなぁ」

「……は？」

「一般市民を盾にしてでも、新兵器を守りたいらしい。つくづく、度し難い蛮族よ」

驚きのあまり言葉が出なかった。

車両は乗客であふれかえっている。収まりきらなかった者は、車両の上に張り付いていた。

そんな状況で、一体どこに新兵器を隠せるというのだ。

「降下して確認を願います。あれは――」

「これは命令だ、クリス曹長……担いできた花火を無駄にしたくはないだろう？」

指揮官が悦に入った嗤《わら》いをこぼす。生理的嫌悪と共に、背に悪寒が走った。

「それにどうやら、悩んでいる時間もないぞ」

先陣を切っていた緑竜《りょくりゅう》が、列車に《爪》を浴びせようとした瞬間。

突如として、十時方向から弾丸が降り注いだ。敵部隊だ。

「っ⁉　王立特務飛行隊⁉」

敵のコクピットに刻まれた紋章を目の当たりにし、部隊の誰もが肝を潰した。アテラの死神と恐れられた彼らは、今回の大攻勢に誘引され、ブラフの戦場たる沿岸部に集結していたはずだ。それが、何故こんな空域に姿を現したのか。いや、今は理由を考えている猶予はない。

幸いにして、数では圧倒的にこちらが有利である。おそらく、ここに馳《は》せ参《さん》じたのはこの部隊だけなのだろう。ならば、各個を孤立させて連携を断ち、持久戦に持ち込めば勝機はある。こちらも渓谷間の長距離飛行で疲弊しているものの、先ほどまで激戦を繰り広げてきただろう相手ほどではない。我慢比べを続ければ、音を上げるのはあちらが先だ。

そんな希望的観測は、すぐに消え去ることとなった。

敵はまるで、雛鳥《ひなどり》を襲われた親鳥がごとく、凶暴に獰猛《どうもう》に僚機を次々と撃墜していった。

飛行技術練度の差もあるのだろうが、それだけでは説明できない。特に危険なのは先行する赤竜《せきりゅう》と藍竜《らんりゅう》だ。防風《キャノピー》のデカールから察するに、おそらく隊長機とエースパイロットだろう。

その二機によって、クリスの部隊にはすでに十機以上の犠牲が出ていた。

僚機が撃ち抜かれる度、角越しに断末魔が響きわたる。脳に浸透する悲痛な声に、クリスは青ざめた。これでは被害が増える一方だ。異常とも言えるスピードで命が消えていく状況を前に、クリスの思考はパニック状態に陥っていた。

敵の目的が、列車の防衛なら……それを狙えば、隙も生まれるはず。

気が付けばクリスのバーナードは再び、列車へと銃口を向けていた。

「兄さん、ダメ――」

妹の声が聞こえた。三時方向に視線をやると、クリスを庇《かば》うように黄竜が翼を広げていた。

次の瞬間、黄色い《竜》の胴体に穴が開く。敵隊長機の赤竜が放った《爪》が直撃したのだ。

黄色い主翼はひしゃげ、火花があがった。拘束具が弾《はじ》け飛《と》び、防風《キャノピー》が木《こ》っ端《ぱ》微塵《みじん》になった。

崩壊の一連を見届けた後、クリスはようやく目前の黄竜が妹の乗るオルバースだと認識した。

「……フェリス？」

祈るように呼びかけるが、返ってきたのは静寂だけだった。

この数秒間で何が起こったのか、理解するのを脳が猛烈に拒否している。

しかし、竜騎として叩き込まれた状況判断能力は、それを許さなかった。

列車を狙ったばかりに、クリスは敵の赤竜の標的となった。

その攻撃は本来、クリスに直撃するはずだった。

それなのに、燃え尽きたのは妹の命だった。

兄の盾となって、妹は死んだ。

自分のせいで、フェリスは死んだ。

全身を巡る血流が逆行したかのように、心臓がすり潰されたかのように、クリスは叫んだ。

「っぁあああああああああああっ！」

後悔の大きさはそのまま憎悪へと色を変えていった。オルバースを墜とした赤竜めがけて、衝動的に《爪》を連射する。猛烈な切り返しでこちらの殺意をかいくぐった敵は、間違いなく相当な手練《てだ》れなのだろう。しかし、飛行機動《マニューバ》の多用はエネルギーの消耗に直結する。結局、クリスの弾丸こそ当たらなかったものの、スピードと高度を失った赤竜を別の僚機が撃墜した。

あらゆる感情がない交ぜになり興奮冷めやらぬクリスであったが、仇《かたき》をとったことでわずかに平静を取り戻した。

そこで初めて、己の視界の半分が黒々とした赤で覆われているのを認識した。疼《うず》く鈍痛は、同期した愛竜の傷ではない。自身の外傷である。どうやら、オルバースの爆散で飛び散った金属片が、バーナードの防風《キャノピー》を貫きクリスの右目に直撃したようだ。

妹が殺されたという、消えることのない傷。

触れると、痛みがうずいた。

血と涙が混じり合い、クリスの視界は溶けていった。


十分後――

戦闘は敵の敗走という形で幕を閉じた。

思惑通り、消耗戦に持ち込まれた王立特務飛行隊はじりじりと頭数を減らしていき、藍竜と紫竜《しりゅう》の二体になったところで戦線を離脱していった。

だが、こちらの被害も甚大である。四十機以上いたはずの僚機は、最終的には十機程度しか残らなかった。この様《ざま》で勝利したとは、口が裂けても言えるはずがない。いや、たとえ被撃墜数がわずかでも、その中にフェリスがいる時点で、どちらにしてもクリスの負けだった。

失ってはいけない存在を、失ってしまったのだから。

「ご苦労！　ご苦労！　目標は取り逃がしてしまったが……よもやかの王立特務飛行隊を壊滅寸前にまで追い込むとは。これは大きな手柄だぞ、諸君！」

角越しに、生存者を讃《たた》える指揮官の声が轟《とどろ》いた。

「血湧き肉躍る弾丸の雨！　命の輝きは閃光《せんこう》のごとく散り、ヒトの原初たる闘争本能を呼び覚ます！　これぞ、戦争！　これぞ、生命！　さぁ、帰投するぞ！　今宵《こよい》は祭りだ‼」

やはり、妹の予感は正しかったようだ。血肉に飢えた獣の雄叫《おたけ》びにも似たそれは、ただ純粋に暴力を渇望していた。空っぽになった瞳で、クリスは上空を飛ぶ上官を仰いだ。

「了解……オーガスティン少佐」

この日が、彼にとって最初の分かれ道だった。

四章

醒暦２００７年　11月14日　ＡＭ11：00

「本日はお集まりいただき、誠にありがとうございます。ソラーレ中央士官学校校長、オーガスティン・ファーガンハイトです」

壇上に立ったオーガスティンは、朗らかな笑顔を客席に向けた。

「今日という日は、ソラーレ大陸史の中でも未来に語り継がれる特別な一日となるでしょう。そんな輝かしい日を皆様と一緒に迎えることを大変光栄に思っております。それではこれより、本校設立五周年の祭典を……」

そこでオーガスティンは苦笑し、言葉を切った。

「おっと失礼、正しくは式典でした。この場は祭りではありませんから」

今はまだ……な。

心の中で、そう付け加える。口角が上がろうとするのを、オーガスティンは必死に堪えた。

テロの決行まで、残り五分を切っていた。

＊＊＊

グラウンドに設営されたメイン会場に、拡声器を通じた開式の辞が響きわたる。王族貴族の末裔《まつえい》、各国の政府高官、経済界の重鎮等……出席者の顔ぶれは錚々《そうそう》たるものであり、現在開かれている催しが大陸でいかに重要かを物語っていた。

上空には規則正しく並んだ竜騎が飛翔《ひしょう》し、気化させたスピンドルオイルで模様を描く。生憎《あいにく》今日は曇天ではあるものの、空に咲く八つの大輪は、見事なシンメトリーを演出していた。

「まずいな……式典が始まったぞ」

ウィリーは校舎内の窓から会場を確認し、眉をひそめた。予科の生徒たちはパレードに花を添えるため、すでに会場外縁での待機を命じられている。にもかかわらず、彼女がこうして未《いま》だに校内をかけずり回っているのには理由があった。

「ウィリー！」

名前を呼ばれた方に視線をやると、息を切らして駆け寄ってくるモアナの姿があった。

「モアナ、そっちはどうだ？」

「だめ。シエル、全然口を開いてくれない。部屋の隅にうずくまったまま……ロナード先生は？」

「似たような状況だ。あぁ、まったく。二人とも何があったんだ？　これでもう三日目だぞ。ろくに寝ても食べてもいないみたいだし……」

二人の異変を悟ったのは今週に入ってからである。シエルとロナードが、自室に引きこもるようになってしまったのだ。そのまま状況は改善する兆しもなく、こうして式典当日を迎えてしまった。

前の休日、二人は一緒に島の外に出かけたと風の噂《うわさ》で耳にした。

おそらく、そこで何かがあったのだろう。

ケンカやすれ違いといったレベルではない、取り返しのつかない何かが。

そうでなければ、彼らの現状を説明できない。

力になりたいが状況が分からないので、何をするのが正解なのかすら分からなかった。

「おやおや……可愛《かわい》らしい声がすると思って来てみれば、こちらの学生さんでしたか。あまりに可憐《かれん》なものですから、妖精が戯れているのかと見間違えてしまいました」

二人が頭を抱えていると、不意に水のように軽い声が廊下を通り抜けていった。声の主は、長身痩せ形の男性。年齢は四十代だろうか。分厚いハットにサングラスとマスク。顔面を頑《かたく》なに隠そうとするその姿は、不審者という言葉がぴったりと当てはまる。

「失礼ですが、どちら様でしょうか？」

「おっと、水をさしてしまい申し訳ありません」

乱れぬ所作でハットを胸に抱え、男はぺこりとお辞儀をした。

「私は……しがない公務員でして。縁あって式典に馳《は》せ参《さん》じたのですが、懐かしい学び舎《まなや》の香りに誘われ、気の向くまま足を動かしておりますと、見知らぬ場所におりまして」

「詰まるところ迷子」

「はっはっは！　違いありません！」

高笑いに怯《おび》えたのかモアナが半歩下がって、ウィリーの背に身を隠した。当然の反応だ。だが、当の相手は心底残念そうに肩をすくめた。

「なにもそんなに警戒されずとも……私ほど人畜無害な人間は、そうはおりませんよ」

「警戒されたくなければ、まずはそのサングラスとマスクを外したらいかがです？」

言葉の上では礼儀を忘れず、毅然《きぜん》とした態度でウィリーは答える。相手がもし、式典に紛れて学校に忍び込んだ変質者であれば、自慢の鉄拳をお見舞いしてやろうと腕に力を入れる。

「これは失礼。なにぶん、目立つ身の上でして……」

しかし意外にも、相手はおとなしくこちらの要求を受け入れた。整った目鼻立ちと、手入れの行き届いた薄い顎髭《あごひげ》が姿を現す。

「重ね重ねご無礼をお詫《わ》びいたします。それでは、お嬢様方。よき一日を」

彼は再び深々と頭を下げると、軽やかな足取りで廊下の突き当たりを曲がっていった。

「変な人だったな。でも、あの人……どこかで」

「ウィリー、見たことあるでしょ？」

「いや。さすがにあんな強烈なキャラを目の当たりにすれば、忘れないと思うんだが」

「対面はしていない。でも、私たちは、あの人を知っている」

「は？　それって、どういう――」

「現代史の教科書、２０７ページに載ってる写真」

勉強が得意ではないウィリーにとって、講義の記憶とは日に日に溶けていく氷のような存在である。故に、試験前には苦労する羽目になるのだが。しかし、モアナの言った教科書の写真はしっかりと覚えていた。

あのロナード・フォーゲルが着任初日、めちゃくちゃにした授業で扱われたページだからだ。

「まさか……ＳＵ議長、パルジオン・チャーチル？」

＊＊＊

学園の中庭のベンチで、草木を揺らす風に癒《いや》されていたパルジオンは、無造作に芝生を踏みならす足音に眉をひそめた。

「はぁ……見つけるのが早すぎやしませんか、君たち。まだ、この学校の十分の一すら見回れていないというのに」

確認するまでもない。開会式を抜け出し、散策に勤《いそ》しむ上司を連れ戻しにきた部下だろう。

「それが仕事ですので」

静かに答える人物の声は、聞き馴染《なじ》みのあるものではなかった。

「ん？　見ない顔ですね？　この島に来るまで付いてくれてた護衛の中に、君みたいなのはいなかったと思いますが……」

警戒して一歩後退すると、背中に何かがぶつかった。

振り返ると軍服の男性が数名、並んで壁をなしている。

逃げ場はないと、パルジオンは悟った。

「パルジオン・チャーチル……あなたを拘束します」

＊＊＊

ついに、この時がやってきた。

今にも腹の底から溢《あふ》れ出《で》ようとする嗤《わら》いの虫を必死に押しつぶしながら、オーガスティンは正面の空を仰ぐ。一番見晴らしのよい観覧席の上段中央は、最重要警護対象を保護するため特別仕様になっていた。ガラス張りの前面を除き、三方は分厚い壁に覆われている。大げさではあるが、警戒しすぎるという事はないだろう。

何せ、内にいるのはＳＵ結束の要《かなめ》とも言える人物、パルジオン・チャーチルだ。

オーガスティンは、控えめに舌なめずりをした。

演説で乾いた唇を潤しているのだと、聴衆は思うかもしれない。

しかし、彼のそれは空腹時にご馳走《ちそう》を眼前に出された肉食獣の行為であった。

「今より七年前まで……我々は多くの血を流してきました。大陸全土を巻き込んだソラーレ大戦。その終戦を迎えた日、私は深い悲しみに暮れると共に、二度とこのようなことを繰り返してはならないと誓いました」

停戦条約が締結され、オーガスティンは悲しみのあまり、部下を二人撃ち殺した。

それでも情動は抑えきれず、彼は自身の頬を引き裂いて泣いた。

もっと命の奔流を感じたかった、敵を蹂躙《じゅうりん》したかった、暴力の興奮を味わいたかった。

戦争という祭りが終わってしまう。想像しただけで吐き気がした。

戦争中毒のオーガスティン・ファーガンハイトにとって、平和は忌むべき災厄だ。

若き日から闘争を求め続けていた彼は、活動家としてテロ、クーデター、暗殺など数々の暴力に身を染めていた。軍に捕まった後も戦闘スキルを買われ、ある政治将校が預かることとなり、その人物直属の部隊長として戦場を駆けめぐることになる。

軍人として頭角を現した彼は、ソラーレ大戦中に一兵卒から佐官まで上り詰めた。

「次世代の若人が国籍に関係なく手を取り合い、同じソラーレを守る戦士として成長していく斡校は、まさに平和の象徴です。幸運にもそんな施設の長を任されることとなった私は、このように思ったのです。これはチャンスだと。ここから愛すべき大陸を、世界を変えていこうと」

オーガスティンの学園長就任には、彼を飼っていた政治将校が一枚かんでいた。

五年間、道化を続けろ。貴様の望む世界を見せてやる——

そう約束され、オーガスティンは与えられた役を演じた。

平和な日々は相変わらず苦痛であったが、その先に不可逆的恒久戦争が実現するならばと、理想の学園長の皮を被《かぶ》り、世間を欺くことに徹した。

その裏で、静かに着々と大きな花火の準備を進めてきた。

「弊校のような組織は、過去に類を見ません。ＳＣＳＣのような経済的結びつきもなければ、ＳＤＣのような命令遵守の組織でもない。我々を結びつけていたのは、ただ大陸を思う気持ちだけ。当然、不安もありました。度重なる困難もありました。しかし、この学園の存在を望む大陸全土の声が、我々をつなぎ止めてくれた！」

最大の困難は、「アテラの猛虎」として知られるスピネルであった。

彼はオーガスティンの好戦的な本質を当初から見抜いており、スパイとして腹心のイドラを送り込もうとしてきたのだ。

故に、空賊を装ってイドラを殺した。

彼の代わりに派遣されてきたのがロナード・フォーゲルであった。

彼もまたスピネルの部下ではあったものの、何も知らされていない様子だった。

オーガスティンは式典まで妙な探りを入れられぬよう、彼には別の問題に釘付《くぎづ》けになってもらおうと考えた。そこで、かねてより泳がせておいた辰神《シンシン》教団に学園を襲わせるようかった。


警備に穴を作った。要するに、件《くだん》のテロは完全なるマッチポンプというわけだ。そして、その狙いは見事に的中し、ロナードは学園そのものを疑うという思考に至ることはできなかった。

　こうしてオーガスティンは、スピネルに決定的な証拠を摑《つか》ませぬまま、とうとう式典当日まで逃げ切ったのである。

「さながら、凸凹《でこぼこ》道にドミノを立てていくかのような、前途多難な道のりでした。しかし、危うげながらも一枚一枚打ち立てていった結果、世界には美しい秩序の輪が完成した！　私は今日という日が来るのを、待ち焦がれてきたのです！」

　生まれたときから、壊すという行為が好きだった。

　なかでも、長い時間をかけて完成した調和を破壊するのが至高の喜びだった。

　砂場で作り上げた城を踏みつぶす快感。手塩にかけて育てた雛鳥《ひなどり》を絞め殺す快感。危うげに立つジェンガを崩す快感。

　精緻なバランスが、自らの暴力によって崩れていく快感は、何物にも代え難《がた》い。

「作り上げたドミノを崩す、この瞬間を!!!」

　最初の一枚を倒すように、オーガスティンは指を伸ばした。

　刹那、曲芸飛行中の《竜》の一機が軌道を変える。前足の《爪《バルカン》》が火を噴き、議長のいる観覧席を木っ端微塵《こっぱみじん》に粉砕した。

　途端に、祭囃子《まつりばやし》がごとく周囲から悲鳴と絶叫が湧き上がった。

「さぁ！　戦争《まつり》の、始まりだぁぁあぁぁぁあああ‼‼」

＊＊＊

突如突き上げるような振動がシエルを襲う。それは、彼女の沈みきった思考を中断させるには十分であった。

「……地震？」

収まることのない揺れに不安を覚え、自室の隅で丸くなっていた体を起こし、外の様子をうかがう。メインスタジアムの方角から、黒々とした煙が曇天へと上っていた。次いで閃光《せんこう》が瞬き爆発音が轟《とどろ》くと、新たな揺れがシエルを襲う。窓ガラスが怯えるようにガタガタと音を立てた。式典用の花火が暴発したにしては、いささか規模が大きすぎる。地震でも事故でもないのなら、この振動の原因は何なのだろう。

そんなシエルの考えを置き去りにするがごとく、上空を三機の《竜》が滑空していた。状況としては一対二。三機の防風《キャノピー》を彩るのは、いずれもソラーレ中央士官学校のエンブレムである。しかし、現在繰り広げられているのは式典プログラムにある模擬戦ではない。正真正銘、命を削りあうドッグファイトだ。目視による敵味方識別はできないものの、積極的に攻撃を仕掛ける方が、混乱を作り出した勢力であることは確実だった。孤立した《竜》は、さながら猫にいたぶられる虫のように、じわじわと追いつめられていく。

やがて、決定打となる《爪》が主翼へと撃ち込まれると、《竜》は揚力を失い、地上へと吸い寄せられていった。自由落下によって位置エネルギーが運動エネルギーとなり、巨体が砲弾のごとく本科棟に直撃する。

「戦闘が、起こってるの？」

敵も味方も原因も目的も不明だったが、それだけは理解した。

シエルの脳裏に幼き頃のトラウマが蘇《よみがえ》る。押し込められた列車の中、必死に逃げる自分たちを執拗《しつよう》に追ってくる死神。あれ以来、殺意という情念に触れると、息が苦しくなってしまう。

それでも、友人らの安否を思うと、自然と足が動いた。

すべてが終わった後に死んでいたと知らされるのは、もういやだ。

寮の外に出ると、途端に焦げ臭いにおいが鼻をついた。爆発音に混じって、メインスタジアムの方から悲鳴が聞こえる。

すくむ足を律し、そちらへ歩を向けた時であった。

「――っ⁉」

空気を引き裂いて、緋色《ひいろ》の閃光が矢のごとく空を走った。島の沿岸部上空で空戦を繰り広げていた《竜》が放った光学誘導弾《ヘルファイア》である。必殺の一撃は、目標の竜騎を溶解させるだけでは威力を殺しきれず、そのまま射線上にあるもの全てをなぎ払って進んでいく。

その終着点は、シエルのいる予科の女子寮であった。熱線が大気を伝い、シエルの肌を焦がす。と同時に、寮の外壁は脆《もろ》くも崩れ去り、地上にいた彼女に向かって容赦なく降り注いだ。瓦礫《がれき》には殺意こそなかったものの、それは彼女の心臓を止めるには十分な凶器であった。

あぁ、死んじゃうな……

現実味のない思考で、シエルは諦めたように空を仰いだ。落ちてくる瓦礫のスピードが徐々にゆっくりになっていく。シエルは目を閉じた。

生命の危機に瀕《ひん》してもなお、シエルはどこか落ち着いていた。

何故《なぜ》かと自問してみると、安心しているからだと答えが返ってきた。

苦しみから解放され、終わりが訪れることにシエルは安心していた。

奔放で元気いっぱいな、姉のようになりたいと思っていた。幼き頃に離ればなれになった、姉の行方を知りたかった。《竜》に乗って空を飛ぶことへの憧れを、教えてくれたのも姉だった。シエルはずっと姉の姿を追いかけて、そのためにソラーレ中央士官学校の門を叩《たた》いたのだ。

しかし、理由であり目標であった姉はもういない。

まるで行き先を失った渡り鳥のような気分だった。

このままあてどなく、身体《からだ》と心に鞭《むち》打ってじわじわと命を削るくらいなら、墜ちてしまいたかった。終わりにして、あちら側にいる姉に会うのも悪くない。

そんな考えが、頭の片隅にうずくまっていた。

「…………」

いつまで待っても瓦礫は落ちてこない。

そのことに違和感を覚え、シエルはゆっくりと瞳を開く。

目の前には、一体の《竜》の姿。シエルを守らんと身を屈《かが》め、主翼を広げて盾となっている。防風《キャノピー》を担いでいるため野良ではないものの、その赤竜《せきりゅう》には誰も乗っていない。

「あなたは……？」

どこからともなく現れたのは、先日シエルとエンゲージしたばかりの愛竜だった。

《竜》はインターフェースを起動して呼び出さない限り、低軌道上で空眠《くうみん》に入っているはずだ。にもかかわらず、シエルの愛竜はそこにいた。まるで、意志を持っているかのように。

赤竜の瞳を、シエルはじっとのぞき込んでみる。ロナードにはコミュニケーションは不可能だと説明されたが、泉のような双眸《そうぼう》は確かに何かを訴えかけていた。

それから、一人と一体はしばらくの間、見つめ合っていた。

そこに言葉もジェスチャーもなかったが、シエルは確かに感じ取った。後悔や未練。安堵《あんど》と情愛。正反対ではあるが、大切な者に向けられている強い感情を。それらは愛竜とエンゲージした際、インターフェース越しに感じた情念とよく似ていた。

「そっか……そうだったんだ」

淀《よど》んでいたシエルの瞳に、炎のような輝きが戻っていく。

生きる目的なんて高尚なものを、短時間に見いだせたとは思えない。

だが、今やるべきこと、飛ぶべき場所を見つけたような表情だった。

「行こう、先生のところへ！　お姉ちゃん！」

＊＊＊

戻ってきてしまった――

それが、空に上がってロナードが抱いた最初の感想だった。

雪原のように広がる白雲を抜け、エケクルスはさらに高度を上げていく。愛竜と同期した瞳で眼下を眺めると、かつての戦場の記憶が飛び込んできた。飛び交う《爪》、燃えさかる炎、紙切れのように果てていく命。脳裏に刻みつけられたトラウマが、古傷のように疼《うず》いた。

いや、もしかすると今の光景は、戦場よりもたちが悪いかもしれない。追う側の《竜》は、一般人の犠牲を顧みない悪逆非道のテロリスト。対するは、操縦練度の低い本科の学生だ。

当然、彼らに模擬戦以外の戦闘経験などあるはずもなく、次々と空の藻屑《もくず》となっていった。一方的に撃墜されていく展開は、もはや空戦ですらない。

猛禽《もうきん》が雛鳥を捕食する狩りにも等しい光景だ。

「くそ！　何がどうなっている！」

学園長の演説中に轟いた爆発音を聞きつけ、状況を把握しようと部屋を飛び出してエケクルスに乗り込んだロナードであったが、依然として事態は見えてこない。

島内の管制塔は全てアクセス不能。敵機に呼びかけても応答なし。狙われている竜騎に警告しようにも、パニックに陥っておりまともに会話ができないという有様《ありさま》だ。

「……ナード……ロナード少尉、応答せよ」

空で一人孤立し、絶望していたロナードに、突如自分以外の声が届いた。

固く重い印象を抱かせる声は、聞き馴染みのあるものだった。

「その声……スピネル大佐ですか？」

「ようやく通じたか」

「一体どこから？」

フレデフォート基地でのかつての上官と、なぜこのタイミングでつながったのか。

ロナードは驚きつつ角の可聴帯を調整し、スピネルが呼びかけてきたチャンネルに合わせる。

「詳しい場所は話せんが……残念なことにまだ島の中だ。だが、いい報《しら》せもある」

次いで、角越しに呼びかけてきたのはスピネルとは別の男性であった。

「ほう……こちらの通信相手が、アテラが誇るエースパイロットですか」

混乱のさなかにはいささか不釣り合いなおどけた口調。おっとりとした声は耳心地が良いものの、どこか人を食ったような雰囲気で、ロナードは顔をしかめた。

「まさか、パルジオン・チャーチル？」

「おっと、まさか声だけで当てられてしまうとは。私の名声もいよいよとどまるところを知らぬようですな」

「議長席は爆撃されたはずでは」

「そこは、まぁ日頃の行いというやつ……こら、何をするフガフガ」

通信機から無理矢理引き剝がされたのか、そこでパルジオンの声は途絶えた。

「業腹だが、今回ばかりは彼の気まぐれに救われたということだ。先ほど、士官学校内をうろついていたところを保護して今に至る。最後の手段に強攻策を残しておいたのが、功を奏したようだ……しかし、オーガスティンめ。まさかここまでおおっぴらに戦闘を仕掛けてくるとは」

「……まさか、このテロの首謀者は学園長なのですか？」

「おそらくな。式典に訪れたパルジオンを殺害し、SUへの疑念を扇動。そして、再びソラーレ大戦を起こす。おおむね、そんな筋書きだったのだろう」

「大佐は予期していたのですか？　今回のテロを」

「確証はない。あくまで予感だ。故に、上も説得できなかった。その結果、この様《ざま》だ。イドラには……申し訳ないことをした」

機械のようなスピネルの声に、ほんの一瞬、悲しみの色が滲《にじ》む。

それから、彼は推測も交えつつ、ロナードに現在の状況を説明した。

曰《いわ》く、島内の管制塔と港、線路は全てオーガスティン側によって制圧され、メイングラウンドの観客は、そのまま人質にされたとのことだ。

「状況は把握しました。それで……俺は何を？」

「テロ勢力の竜騎を撃墜し、可能な限り制空権を奪取しろ。通信と脱出ルートは潰されたが、SDC本部への定時連絡が途絶えた以上、遅くとも十分以内に緊急出動《スクランブル》がかかるはずだ。それまでに議長を殺し損なったと奴《やつ》らが知れば、この島を絨毯《じゅうたん》爆撃しかねん」

「了解！」

事態の把握と、全うすべき任務。両者が揃《そろ》い、ロナードの頭は驚くほど冴《さ》え渡《わた》る。心では戦場を忌み嫌っていたというのに、身体はどうしようもないくらい戦場とかみ合っていた。先日まで教鞭《きょうべん》を執り、生徒に囲まれていた日々がまるで夢のように感じられる。

「……来たか」

前方に二機の竜騎を捉える。すると、機械のように自動的にロナードの身体が動いた。

相手もこちらを認識したようだ。紫竜《しりゅう》と青竜《せいりゅう》のスピードに特化したペア。藍竜《らんりゅう》であるエケクルスであれば引けは取らないが、これまで上昇を続けてきたため速度は遅くなっている。この状態で、複数機と正面からドッグファイトすれば敗北は濃厚だろう。

ならば、こちらが取るべき最善策は速攻。ドッグファイトにもつれ込む前に仕掛ける。

紫竜に対し、ヘッドオンで急接近する。この位置関係で撃ち合えば勝敗は五分五分。危険な賭けと承知の上、ロナードは《爪》を放つ。紫竜は安全を優先したのか、機首を振ってエケクルスの脇をすり抜けていった。端から直撃は期待していない。これはあくまで牽《けん》制《せい》。後続する青竜と一対一の状況を作り出すための布石だ。

青竜の針路を凝視し、それに合わせる形で交差前にスライスバックを入れる。つばめ返しと称される反転攻撃機動が見事に決まり、ロナードは敵の後方死角に潜り込んだ。すかさず《爪》を吐き出し、青竜を撃破する。

旋回性能に劣る紫竜はようやく、体勢を回復したようだ。だが、もう相手に数的優位は残っていなかった。一騎打ちとなれば、ロナードを負かせる竜騎はそうはいない。結局、数度のローリングシザースでしのぎを削った末、エケクルスが紫竜の主翼を撃ち抜いた。

墜《お》ちていく敵機を見送りつつ、ロナードは思い出していた。

死と隣り合わせることで得られる、安息の快感を。

「ずいぶんと、楽しそうじゃないか？」

不意に、エケクルスのプライベート通信が音を拾った。

こちらを見透かしたかのような声は、よく知る同僚のそれであった。

「クリス……なのか？」

「空の戦場《こ》で遭《こ》うのは久しぶりだね……ロナード。次は、僕が相手になるよ」

不気味な逆光のシルエットとともに、その《竜》は現れた。行く手を遮る綿雲を獰猛《どうもう》な嘴《くちばし》で切り裂き、こちらへと一直線に進路を取る。

対峙《たいじ》する二機の竜騎は同じ藍色を呈し、同速度で接近する様は鏡写しにも見える。

「お前も、オーガスティンの手駒だったのか！」

クリスの愛竜＝バーナードへと、ロナードは叫ぶ。

仰角三十度弱で蒼穹《そうきゅう》を往く相手は、射程圏内に入る前に機体をバンクさせ水平旋回へと移行した。挑発にも等しい行為だが、ロナードはすぐに別の意図を見いだした。

クリスは待っているのだ。こちらが回復するのを。

今さっき空戦を終えたばかりのエケクルスは、飛行機動《マニューバ》の多用と高度損失によりエネルギーを消耗している。これを回復するためには、脚部排気器官による推進、または上昇による位置エネルギーの確保が不可欠である。バーナードの優雅な旋回は、その猶予期間を与えるというサインに相違ない。

ハンデなし、1on1のドッグファイト。それが彼の望みだ。

「駒とは聞き捨てならないね。僕は正真正銘、プレイヤーだよ。いま、僕は僕自身の意志で、この混乱を作り出している！」

「……これが、お前の望みだと？　俺が憎いのなら、俺だけを狙えばいい。こんなことまでする必要はないはずだ！」

クリスの妹は、ロナードの所属していた王立特務飛行隊との戦闘で亡くなった。

故に、クリスはロナードを妹の仇《かたき》として恨んでいる……そう思っていた。

しかし、それでは今のクリスの行動を説明することはできない。

「勘違いしないでくれ。君のことは憎んでいない。むしろ親しみさえ覚えている。憎いのは……壊したいのは、この世界の方だ！」

渇いた口の中から、掠《かす》れきった声が漏れる。つい先日まで、チェス盤を囲み軽口を叩き合っていた友人の心中を、ロナードはまるで推し量ることができない。

二人の飛ぶ空域は、制空権を巡って火花が散り、冷気の中に焦げ臭さが渦巻いている。

命を奪い、奪われる匂いだ。

こんなものを、どうして望めるというのか。

「僕だけじゃない。君も望んでいただろうに」

「違う！」

拒絶とともに、ロナードは排気器官を全開。推力を最大限絞り出し、バーナードに仕掛ける。クリスもそれに乗ったのか機首を下げた。ヘッドオン体勢のまま、両者は早撃ちのタイミングを見定める。

「何が違うんだい？　現に、フレデフォートにいた頃の君は、偽りだらけの平和な世界を……疎んでいたじゃないか？」

クリスの放った問いは、射撃に全神経を集中させていたロナードの思考に風穴を空ける。その通りだ。もう、否定の言葉は紡げない。学園に来る前、ロナードは確かに戦場を求めていた。疎外感と罪悪感に苛《さいな》まれ、死に場所を欲していた。

エケクルスの機動に戸惑いの隙が生まれる。そこにつけ込み、クリスは機体を急反転させた。撃ち合いの直前、ヘッドオンを放棄したのだ。最初からフェイクのつもりだったのだろう。

裏をかかれたロナードは、逃げるクリスに喰《く》らいつこうと後を追う。

「お前は、初めての対局で言ったはずだ。時代が変わっても、仲間が死んでも、やれることはまだある……それを続けていれば、やがて居場所ができると！　あの言葉は嘘《うそ》だったのか！」

「本当だよ……いや、〝本当だった〟」

不気味な螺旋《らせん》を巻きながらバーナードは上昇を続けていく。無防備に後ろを見せながらも、エケクルスの《爪》は直撃に至らない。こちらの射角を正確に把握されている。弾道を紙一重でくぐり抜ける絶妙な機動である。

三度目の攻撃に失敗したところで、ロナードは高度計を一瞥《いちべつ》し、息をのんだ。

「まずい……吊り上げ《ロープ・ア・ドープ》か」

ドッグファイトにおいて敵機を撃墜するには、二つのアプローチが存在する。一つは、空戦バレルロールやスプリットSなどのマニューバを駆使した瞬間的戦術。もう一つは、エネルギーに着目した方法だ。自機が速度と高度で優位を保ち続ければ、やがて相手はエネルギー不足に陥る。そこに狙いを定めて叩く俯瞰《ふかん》的戦術である。

今の場合、ヘッドオン直前での下降によってバーナードがエネルギー優位となり、その関係を保ったままエケクルスと共に上昇した。すなわち、上昇でエネルギーが尽き果てるのはエケクルスの方が先だ。ロナードは完全にクリスの術中にはまっていた。

「僕も、かつてはそんな世迷《よま》い言《ごと》を信じて、変わろうとした。でも、できなかった。妹が……フェリスが死んだ事実を、清算してゼロからやり直すなんて不可能だ。変わろうとして過ごした幸せな日々は、その分だけ大きな罪悪感となってまとわりついてくる。君もそうだっただろう？　ロナード！」

核心ばかりを突いてくる言葉から身を背けようと、エケクルスは反転下降に入る。当然、相手がこの好機を見逃すはずがない。バーナードも身を翻したことによって、追う方と追われる方は瞬く間に入れ替わった。逃げようともがくロナードを、クリスが執拗に追い立てる。

「世界から爪弾《つまはじ》きにされた君を、生き残った罪に押しつぶされそうになった君を、受け入れてくれたのは戦場だけだ！　そこに身を投じ続けられるのなら、僕は喜んで世界を壊そう！」

まるで罠《わな》に捕らえられた気分だった。どれだけ必死に引き剥がそうとも、バーナードの後方占位は揺るがない。同色の《竜》は推力と旋回の能力が近いため、追従しやすいというのも当然あるだろう。しかし、それ以上にクリスの先読みの能力が恐ろしい。

離脱をあきらめたロナードは、一か八か急速なバレルロールで、オーバーシュートを狙う。だが、機体が一周して水平に戻っても、位置関係に変化はなかった。クリスも全く同じタイミングでハイヨーヨーを入れ、速度をコントロールしたのである。

彼はロナードの手の内を、完全に読んで機首を切っていた。

「今からでも遅くはない。さぁ、ロナード……僕の元に来るんだ」

「……俺は」

エケクルスが分厚い雲の中へとつっこむ。水蒸気の洗礼が鱗《うろこ》を濡《ぬ》らし、体温を奪っていく。

もう、何も分からなかった。何が正しくて、何が正しくないのか。

自分の飛ぶべき方向も、上下左右の感覚さえあやふやになっていく。

それまで必死にロナードの形を保っていた輪郭が、白雲の中へと溶けていった。

「残念だ……本当に、残念だよ。ロナード……時間切れだ」

空間識失調《バーティゴ》に陥ったまま、エケクルスは雲を抜けた。最後に見上げる青は、空のものか海のものか。それすら判別できぬまま、ロナードは瞳を閉じた。

「さよなら」

バーナードの《爪》が火を噴く。

全弾がエケクルスに命中し、藍竜の片割れは空に散った。

暗く、冷たい。

そんな空間を、どこまでも落ちていく。

落ちて、落ちて……やがて終端速度に達し、重力さえも感じなくなった。

どれくらい、そうしていたのだろう。

突風にも似た衝撃に煽《あお》られて、ロナードはようやく意識を取り戻した。

クリスにエケクルスを撃ち抜かれて、シンクロした痛覚が焼き切れて……そこから先は覚えていない。

「……ここは？」

辺りを見回しても、ここが地獄か現世か分からない。視界の全ては灰色の靄《もや》に覆われている。地面も空も、その境目すら認識することができなかった。

もしかすると、エケクルスの防風《キャノピー》から放り出され、生身のまま雲の中を自由落下しているのか。

「やっほぉ――！」

思案に耽《ふけ》っていると、突き抜けるような声が響いた。

靄《もや》の間に影が映り、徐々に色が濃くなっていく。

「こんなところで逢うなんて奇遇だな、ロン！」

「リコ……」

現れたのは、ロナードにとって最愛の人物であった。再会するはずのない女性の登場をもって、ロナードはようやく結論を得る。

「そうか、これも夢か」

「おいおい、君の貧困な想像力でボクの美貌を再現できるわけがないだろう？　正真正銘、本物のリコ・エングニスさ。美しきエースパイロットにして、妹想《おも》いの優しい姉。そして、キミの恋人だ」

「アイツは、死んだ。七年前……沿岸部防衛作戦後の帰投中に」

「あぁ、その通りだ。あの戦闘で、ボクは確かに死んだ。だからより正確に言うと、今キミに語りかけているのは残留思念……魂の残り滓《かす》みたいなもんかな？」

「話が急にオカルトじみてきたぞ……」

「仕方ないだろう？　幽霊になって話すのはボクも初めてなんだ。それらしい説明の言葉を見つけられないんだよ。まぁ、ともかく重要なのはボクの愛竜と妹の計らいで、今こうして君と話せているってこと」

「だから、どういう――」

靄が消え、視界が晴れる。やはり、雲の中を自由落下していたらしい。

このまま何もしなければ、地面に叩きつけられて死ぬだろう。

それも、悪くないのかもしれない。

「それでロナード……もう飛ばないのか？」

「いい……もういいんだ。もう、どうでもいい」

「どうして？」

「疲れたんだ。死に場所を求めるのも。過去を突きつけられるのも……」

これまで、長い道のりを歩んできた。しかし、得られたものは何もなかった。

進んだ距離も実質ゼロだ。変わろうとして踏み出した道も、一度は生きる場所を探した足も、結局スタート地点に戻ってきてしまったのだから。

「こんな爆弾を抱えて飛び続けるくらいなら、もういっそのこと……」

徒労に終わった旅路に絶望して、ため息がこぼれそうになる。

しかし、リコに先を越された。

「はぁ……つまらないな」

「は？」

「実につまらない！　いや、いっそのこと包み隠さず言ってやろう。なんてくだらない理由だ！　それにロナード……キミは、明らかに思い違いをしている」

まさか、真っ向から否定されるとは思っていなかった。完全に予想外の反応だ。この唯一無二の奔放さを鑑みるに、いよいよ彼女を自分の妄想の存在と断ずるのが難しくなってきた。

「キミが危険な飛行を続けるのは、世界から爪弾きにされたからでも、罪悪感を忘れるためでもない。ましてや、キミは過去の清算なんて大それたステージにすら立っていない」

ロナードの苦悩について、リコは前提からひっくり返してきた。

そのままこちらの襟元をつかむと、ぐいっとロナードの顔を引き寄せる。

近づいてきた琥珀《こはく》の瞳に、迷いはなかった。

「なぜなら、キミはまだボクの死を受け入れてすらいないんだから」

瞬間、ロナードの視界を白が覆った。

瞬きに等しい刹那の出来事。だが、その一瞬にして周囲は場所も時間も変貌していた。

現れたのは忘れもしない七年前の戦場。

リコが命を落とすこととなった雨の空であった。

「俺は……嫌と言うほど覚えている。お前のコクピットが血にまみれる光景も、その後に爆《は》ぜた轟音《ごうおん》も、空に漂う血の匂いも」

「それは知覚しただけだ。目と耳と鼻で、生体電気信号を受信したに過ぎない。頭で理解していても、心で受け入れていない」

「何の確証があってそんな――」

「だから、自殺行為に等しいマニューバをキミは延々と続けてきた。ずっと探していたんじゃないか？　ボクを助けられたかもしれない、囮のマニューバを」

自分でも気付かなかった可能性。

堅く蓋を閉じてきた心の深淵《しんえん》。

そこに、リコは否応《いやおう》なく光を当てた。

そう……助けられたはずだった。

カタリナを執拗に追うバーナードとは別に、彼女を狙っていたもう一機の存在をロナードは認識していた。故に、注意を逸《そ》らすために囮《おとり》のマニューバを仕掛けようとした。

しかし、それまでの防衛戦で休みなく戦闘を続けてきた身体は疲労の限界に達しており、一瞬意識が途切れてしまったのだ。一秒か、十秒か。正確な時間はわからない。

はっきりとしているのは、その直後にリコが撃墜されたということだった。

戦後、ロナードが危険機動を繰り返した原因に疎外感と罪悪感があったのも事実だ。イドラもそう指摘していた。

ある意味で、それは正しい。だが、核心ではない。

その根本は、どうしようもない未練だった。

「キミは、優しい奴だからな。そうすることでしか、心を守れないと思っていた」

「だったら……どうして俺を残して逝った！」

今まで抑え込んできた感情が、堰《せき》を切って溢れ出した。

理屈も論理も欠いたまま、衝動に任せてロナードは叫ぶ。

「あぁ……そうだ！　俺は、どうでもよかった！　世界に居場所がなくなろうが！　戦争で人生を棒に振ろうが！　お前さえ、生きてさえいてくれれば……他に何もいらなかったのに！　俺があのとき、もっと前に出ていれば、もっと敵の注意を引きつけられていれば

「……もっと、上手《うま》く飛べていれば……お前を助けられたのに」

「ごめん……」

らしくない声と共に、リコはロナードをそっと抱きしめた。

彼女の腕の中は温かく、柔らかく、甘い香りがした。長らく忘れていた感触だった。

「でも、後悔はしていないよ。おかげで、大切な妹を守れたんだから。どうだい、ボクの自慢のシエルは？」

「あぁ、お前とよく似て、嵐みたいに騒々しい奴だ。全く気が休まらない」

「よかった……なら、思い残すこともうなさそうだ。じゃあ最後に、わがままを聞いてくれないか？」

「どうせ、断っても無駄なんだろう？」

「ははは……そうだった」

リコは抱擁を解くと、ロナードからゆっくりと離れていった。

「飛んでくれ、ロナード。飛べなくなった、ボクの分まで。どこまでも、高く……高く……」

「こんな俺にも、まだできると思うのか？」

「できるとも。このボクが保証するぜ。それでも不安というなら……ボクが翼になってやる！」

その言葉を最後に、リコの姿は空の彼方《かなた》へと消えた。

二、三度、瞳を瞬《またた》かせる。目覚めと同時にロナードを襲ったのは全身を走る激痛と、背中に覚える堅い感触。しかし、頭部だけは柔らかなものによって支えられている。
どうやら、誰かの膝を枕にして仰向けに寝ているようだ。おぼろげな視界の中、突き上げた手の先でロナードは彼女に触れた。

「やっぱり、姉妹だな。目元のあたりが、リコにそっくりだ」

「……先生?」

シエルは声を上げると、安心したように目尻を下げた。

「まったく、なんて顔をしている」

「だって……」

溜まった涙が桜色に腫れた頬を伝い、大粒の滴《しずく》となって降り注ぐ。ロナードは彼女の頬に手を当てたまま、親指でそれを拭ってやった。

長い時間、夢を見ていた気がする。だが、事態が収まったようには思えない。未だ空には、爆発と硝煙の花火が上がっていた。

そんな中、流れ弾や落下物に晒《さら》されることなく二人が無事であったのは、二体の《竜》のおかげだ。藍と赤の神獣は、主翼を開いて身を寄せ合い、ロナードとシエルの盾になっている。

藍竜エケクルスは先の戦闘によって蜂の巣となり、全身から血のように鱗をまき散らしていた。空戦で敗れてなお相棒を守るその姿は、主君に仕える騎士を思い起こさせる。

もう片方は赤竜だ。これは、シエルが実習で捕竜した個体に違いない。ロナードは、彼女の名前を既に知っていた。

「カタリナ、久しぶりだな」

呼びかけるやいなや、赤竜は応じるように首をしならせた。

「ずいぶんと様変わりしていたから、気付かなかった」

「この子……やっぱりお姉ちゃんが乗っていた《竜》、なんですよね？」

「あぁ、あのじゃじゃ馬に最後まで付き合った名竜だ……気付いていたのか？」

「はっきりとした確証はありません。でも、この子とエンゲージしたとき、不思議な夢を見たんです。真っ暗闇の中、先生に手を伸ばそうとする人の夢。同時に、その人の気持ちも流れ込んできて……さっき、気付きました。あれは、この子に残っていた……お姉ちゃんの気持ちだったんだって」

ロナードはそこで、シエルが持っているインターフェースに気が付いた。

数多《あまた》の激戦の痕が刻み込まれたそれは、先ほどまで自分が着けていたものに違いない。

ならば、今ロナードが装着しているインターフェースは何なのか。

答えは自《おの》ずと導き出された。カタリナとエンゲージした、シエルのインターフェースである。

「だから、先生も……この子と同期すればお姉ちゃんに会えると思って」

「なるほど……なら、さっきのあいつの説明も、あながち間違っていないのかもしれない」

仮に魂というものがあったとして……

《竜》と同期したまま死んだとしたら、それはどこに行くのか？

生命活動の停止と共に元の肉体へと戻り、運命を共にするのか？

それとも、憑依《ひょうい》していた愛竜の内側に残り続けるのか？

おそらく、真実はその中間にあるのだろう。

だから、夢の中のリコは自身を「魂の残り滓」と称した。

もちろん、これら全てを単なる妄想と片付けることも可能だ。

だが、そう決めつけるにはいささか偶然が重なりすぎている。

七年空で眠りながら、リコは最愛の恋人と妹を空から見守ってくれていたのだ。

「⁉　先生、ダメです。安静にしていてください……その身体じゃ」

「リコと、夢で会った」

無理矢理身体を起こしたロナードは、シエルを優しく制して続ける。

「相変わらず、嵐みたいに騒々しい奴だった。自意識過剰で、俺への扱いも滅茶苦茶《めちゃくちゃ》で、心休まる暇もない……大切な人だった」

だが、彼女はもういない。

責任を自分に求めようが、世界に求めようが、その事実が覆ることはない。

きっとこの先、ロナードとシエルは同じ喪失感に苦しめられることだろう。リコに似合いそうな服を見たとき、ハーモニカの音色を聞いたとき、欠けた存在を思い出し、受け入れる過程で多くの涙を流すだろう。

それでも、いつの日か——

最高の思い出として、一緒に振り返ることができるように。

「俺は飛ぶよ。……俺自身のために」

＊＊＊

防風《キャノピー》の中で一人、クリスは感慨に耽《ふけ》っていた。

ロナードの撃墜は、それほどまでに彼にとって大きな出来事であった。

妹を殺した敵部隊の隊員であり、自分と同じ苦しみを抱く仲間。

相反する複雑な感情と共に引き金を引き、胸に湧き上がるのは寒空のような寂寞感《せきばくかん》であった。

最大の障壁であったエースパイロットを攻略した今、制空権確保は必至。作戦は成功目前だ。

ようやく、ここまでこられた。

それなのに、どういうことだろうか。

この得も言えぬ、虚《むな》しさは。

地上を見下ろせば、予科棟と本科棟を繋《つな》ぐ連絡橋が燃えていた。流れ弾が着弾したのだろう。

そこは、クリスが初めて教師としてやりがいを感じた場所だった。

章間

醒暦2005年　9月25日　PM04：15

初めて担任した予科生が卒業したあの日。

クリスは教え子の全員から感謝の言葉をかけられた。左遷という形でここに飛ばされた当初は、妹を失ったショックで抜け殻のように教鞭《きょうべん》を執《と》っていたというのに。

それでも、彼女らはクリスに居場所を与えてくれた。

「クリス先生、今まで本当にありがとうございました」

「卒業おめでとう。確か……君の配属先は東端の空軍基地だったね」

「はい！　今まで教えてもらったことを精一杯活《い》かして、皆を守れるように頑張ります」

「意気込みは買うけど、無理はしないように頼むよ」

「わかってますって。先生も、お元気で！」

卒業生の中でも特にクリスを慕ってくれた生徒は、元気よく一礼し、身を翻して駆けていく。

その姿を見送りつつ、クリスはぽつりとつぶやいた。

「フェリス……ようやく僕も教師らしくなれたかな？」

妹の言葉が脳裏によみがえる。

戦争が終わったら……私、学校の先生になろうと思うんです――

亡き妹の夢を継ぐ。クリスにとって教師とは、いつのまにか大きな存在になっていた。

妹の墓はクリスの意向で故郷の山に建つ教会霊園にある。そこからは、彼女の愛した景色が一望できた。故郷に帰れず命を落とした妹にしてやれるせめてもの手向《たむ》けだった。

学校から霊園までは、バーナードの飛翔《ひしょう》速度をもってしても数時間は要する。それでもクリスは構わず、隔月で墓に参っていた。変化が訪れたのは、夏のホリデイ期間中。いつものように、霊園へ通じる山道へ入ろうとすると、入り口がロープで遮られていた。

奥から轟《とどろ》く重機の音に不安を募らせ山に分け入ってみると――

霊園が見るも無惨に取り壊されていた。

クリスが呆然《ぼうぜん》と立ち尽くしていると、スキンヘッドの大男が詰め寄ってきた。

「おい、ここは私有地だぞ？　なに許可なく入ってんだ」

「しかし、ここは……星霜《セイソウ》教会が経営している教会墓地の一つでは？」

「その教会から、俺が買い取ったんだ。金を積んだら快く受けてくれたよ」

聞けば数ヵ月前、この山で銀鉱脈が見つかったらしい。主要な銀山が枯渇する中、新たな採掘源は資本家にとって喉から手が出るほど欲しい代物だったようだ。

「やめてくれ！　そこには――」

重機が、容赦なく霊園を踏み荒らしていく。

芝生も墓石も滅茶苦茶《めちゃくちゃ》にされ、金の亡者によって蹂躪《じゅうりん》されていった。

「うるせぇなぁ。こっちは権利を行使しているだけだぜ？」

「権利とか、そういう問題じゃないだろ！　ここには、命がけで国に尽くした竜騎が眠っているんだ。それに対する敬意はないのか？」

クリスの必死な呼びかけに、返ってきたのは下卑た嗤《わら》い。

「なにがおかしい？」

「いや、まさか昔の飯の種が、嗤いの種に化けるとは思わなくてよ」

スキンヘッドの男は、表情を歪《ゆが》ませてこちらへと歩み寄る。

「テメェらが掲げてきた愛国心とかイデオロギーっつうのはなにも高尚なもんじゃねぇ。経済の歯車を回すために流されてた潤滑油さ。五年前まではそれで金の巡りが良くなってたが……今となっちゃあ、腐った汚い油。回りが鈍くなるわベタつくわで、洗い落とすのも一苦労だ」

クリスには、その男が何を言っているのか、最初まるで分からなかった。

「まぁ、ここに埋まってる奴《やつ》らには多少なりとも感謝してるぜ。戦時中、竜騎がばかすか死んでくれたおかげで、俺の会社はコクピット製造で成り上がれたしなぁ」

やがて、白い布に汚れが広がっていくように、徐々に理解が及んでいった。

世界という巨大な装置の深淵《しんえん》は、実に醜く、生理的嫌悪感を催した。

「別に不満はねぇだろ？　今は融和路線って新しい潤滑油で、経済は順調に回復。皆それで満足してるじゃねぇか。それで納得いかないってこたあ、お前の方が異常なんだよ」

呆然としていたクリスは、肩を突かれ、木偶《でく》人形のようにその場に倒れ込んだ。

スキンヘッドの男は相変わらずニタニタと笑っている。

「これからコンクリで埋められる奴らには同情するぜ。テメェのエゴで、こんなところに埋められたばっかりに……」

霊園の面影は、もうほとんど残っていなかった。土埃《つちぼこり》と排気ガスが燻《くすぶ》り、異臭のする液体がぶちまけられる。妹が二回殺されたような心地であった。

「やめろ！」

気付けば、クリスはスキンヘッドの男に摑《つか》みかかっていた。

「くそっ！　どけ、邪魔だ！　おい、こいつを黙らせろ！」

男の指示で作業者が手を止め、クリスを囲む。ざっと二十名は下らない。

戦闘訓練を積んでいるクリスであっても、この数を相手にするのは無謀だった。

背後から摑まれ、殴られ、蹴られ……いつの間にか、意識を失っていた。

山道に捨てられたクリスが気がついたのは、日が落ちてからのことであった。


「ボロボロのようだが、大丈夫かね？　話は後日にして、今は休んだ方が……」

クリスが教員寮に帰ってくると、オーガスティンに緊急の招集をかけられた。

傷だらけで、人に会える顔でないことは承知していたが、クリスはそれに応じた。

今、部屋で一人になってしまっては、頭がどうかなってしまいそうだったからだ。

「構いません。続けてください」

「……なら、もう遠慮はしまい」

オーガスティンはファイルから一枚の紙を取り出して、クリスに寄越した。

「単刀直入に言おう。昨日未明、君が担任した卒業生の一人が……殉職した」

「……………………は？」

報告書の右端には、写真が貼られていた。クリスを慕ってくれていた、教え子の顔だ。

配属先の空軍基地でスクランブルがかかり、相対したプルート所属竜に撃墜された――

報告書は、彼女の死について簡潔に説明していた。そこに密度も重みもなかった。

今まで教えてもらったことを精一杯活かして、皆を守れるように頑張ります――

先生も、お元気で――

卒業式の日に、駆けていく後ろ姿。それが、彼女の最後の記憶となった。

クリスの目の前が、真っ白になった。

「彼女は身を挺《てい》してこの世界を守った。誇るべきことだが、他生徒への混乱を避けるため
……この事実は内密にしてほしい」

以上だ、と言われクリスは自室に戻った。

呼吸の仕方を忘れてしまったのか、どれだけ息を吸っても胸が苦しい。

壊された妹の墓。殉職した教え子。それらの事実が交互に頭を駆け巡る。

「僕は、どうしたらいい」

頭を抱え続け、思考が曖昧になってくる。まどろみの中、ふと懐かしい声が聞こえた。

「何を迷っているのですか、兄さん」

顔を上げると、一人の女性が窓辺に寄りかかっていた。

「……フェリス？」

クリスと同じ鈍色の髪が夜風に揺れる。

血を分けた妹は白いワンピースに身を包んでおり、さながら幽霊のようであった。

「この世界のため……そんな世迷言《よまいごと》のせいで、犠牲になりました。私も、あの生徒も。憎くてたまらないはずです。この世界が」

「……でも、僕はフェリスから継いだ夢を、壊したくないんだ」

「兄さんが教師を続けたいのは、自分のためでしょう？」

クリスの中で、何かが音を立てて崩れ去った。

「私に庇《かば》われて生き残った……その贖罪《しょくざい》のために、私の夢に縋《すが》ったのでしょう？」

提示された残酷な答えを、否定することはできなかった。

正しい道だと信じて進んだ先にあったものは、スタート地点だった。

結局、クリスは過去に囚《とら》われ、一歩も前進していない。

だから、また同じように世界から大切なものを奪われる。

「他人の夢に寄生して心地好くなり、居場所を無くすのが嫌になりましたか？」

白魚のような彼女の手が、クリスの頬に触れる。ぬるく甘ったるい声で、妹は囁《ささや》いた。

「今さらゼロからやり直すなんて……不可能ですよ。兄さん」

クリスは絶叫して飛び起きた。

心臓が狂ったように鼓動を刻んでいる。全身に汗がにじんでいる。

どうやら、いつの間にか眠っていたらしい。考えてみれば当然だ。フェリスは何年も前に亡くなっている。それに、あの優しかった彼女が兄を謗《そし》るなど、考えられない。

「あのフェリスは幻だ……僕の無意識が作り出した……」

自分に言い聞かせるようにクリスは繰り返した。そこで、はたとある考えに至る。

あれが無意識——心の奥底であるなら、クリスはとっくに答えを出していたのだ。

「何を期待していたんだ……僕は」

部屋には朝日が差し込み、世界は光で満《み》ち溢《あふ》れていた。クリスの抱える闇など気にも留めずに。

「こんな世界……壊れてしまえばいい」

クリスは、テーブルに置いていたチェス盤を力任せにひっくり返した。

その時のクリスに、迷いはなかった。

バーナードで霊園跡地に飛び、なおも続く工事の現場めがけて《爪《バルカン》》を放った。

突然の《竜》の襲来に、作業者たちは蜘蛛《くも》の子《こ》を散らしたように逃げ惑う。

その中に、山を買ったスキンヘッドの男を見つけた。

クリスは光学誘導弾《ヘルファイア》で男を虫けらのように消し飛ばした。

山の一部が抉《えぐ》れ、辺り一帯に黒煙が立ち込める。

あまりにも衝動的な行為。加えて白昼堂々の無計画な犯行。逃げきれるとは最初から思っていない。予想通り、破壊行為から二分と経たずに接近する《竜》の機影を確認した。

「ずいぶんと、派手に囃子《はやし》を吹いているではないか」

角越しに聞こえてきたのは、どっしりとした初老の声。

「その声……オーガスティン学園長ですか」

「クリス先生。昨晩は傷だらけで心配したが、その暴れぶりを見るに回復したようだな」

オーガスティンの愛竜は、バーナードの周りを悠々と旋回する。

「邪魔をするのなら、あなたでも容赦はしない。僕は――」

「この世界を壊したい。そうであろう？　殺気立たなくても良い。我々は同志になれる」

予想外の言葉を投げかけられ、クリスは思考を止められた。

「ここに来た目的は君と同じ。この現場を破壊し、社長を始末するためだ。この男、金にモノを言わせて我が校の経営に潜り込もうと画策していてな。ゆくゆくは計画の障害になると予想し、本日処理する手はずだった。だが、いざ来てみればもう殺されているではないか。しかも、手に掛けたのは我が学園の教師とは……おもしろい巡り合わせよ」

「計画……？　学園長、あなたはいったい？」

「さて、すぐにスクランブルを受けたSDCの竜騎が到着する。選びたまえ。ワシと来るか、ここに残るか。もっとも、残って戦ったところで、世界に爪痕一つ残せんだろうが」

「……あなたについていけば、それができると？」

「無論だ。そのために今の席に着いたのだからなぁ」

オーガスティンがコールサインを出すと、高高度に待機していた複数の《竜》が下りてきてバーナードと相対した。その数、十体以上。全てがオーガスティンの命令に従い、忠実な機動で飛んでいる。彼の私兵なのだろうが、個人が持つにしてはいささか強大だ。オーガスティンはその力を誇示し、今の言葉が決して絵空事でないことをクリスに訴えていた。

「わかりました……その計画、相乗りしますよ」

悪魔と契約を交わし、クリスはオーガスティンに追従した。

飛ぶ先には破滅しか見えない。それでも、クリスは構わなかった。

クリスがオーガスティンの私兵に加わってから、一年と数ヵ月の間。

記念式典でSU議長を殺害する前代未聞のテロ計画は、着々と準備が進められていた。

成功すれば、その影響は計り知れない。少なくとも、SU崩壊は免れないだろう。

オーガスティンとその私兵は、やがて訪れる破壊と狂気の時代に胸を躍らせていた。

一方、クリスがその思想に共感することはなかった。

世界の破壊に希望を見出《みいだ》す彼らとは対照的に、クリスは絶望の末、この選択肢を選んだのだ。

堕《お》ちていく道に迷いはないものの、虚《むな》しさは消えなかった。

叶《かな》うのであれば、同じ絶望を分かち合える仲間が欲しい。

そんな時だった。クリスが彼の存在を知ったのは。

「やってくれたな、スピネル……」

その日、オーガスティンは見るからに機嫌が悪かった。

居室のテーブルで、積み木のタワーが跡形もなく崩れているのがその証拠だ。

「何か問題でも？」

「来期から赴任する教師を、スピネルに押さえられた」

スピネル・コランダム。現時点でオーガスティンが警戒している唯一の将校だ。

計画を気取られてはいないが、スピネルが士官学校を疑っているのは間違いなく、その妨害行為は徐々に無視できなくなっている。今回の新任教師の人選もそうだ。スピネルは腹心をスパイとして、士官学校に潜り込ませようと画策していた。

「その枠に収まる予定のイドラ・バーマスは、先の奇襲作戦で撃墜したと聞きましたが」

「あぁ。奴め、土壇場で代わりの部下をねじ込んできた……全く、抜け目ない男だ」

オーガスティンから手渡された資料には、ロナードという竜騎についてが記載されていた。

「身辺調査の結果、スパイとしての脅威は認められないとのことだが……注意しておいた方が良《い》いだろう。まぁ、祭りが始まった後なら、手合わせしてみたいものだが」

それまでの不機嫌な雰囲気から一変し、オーガスティンは口元を歪ませる。

「何せ、王立特務飛行隊のエースだ。血が滾《たぎ》るというものよ」

その部隊名を耳にして、クリスの眉がピクリと上がる。

妹が撃墜された戦闘で相対した部隊だ。因縁めいたものを感じずにはいられなかった。

流し読みでざっと資料を確認する。その中の、ある一文に目が留まった。

ロナード以外の王立特務飛行隊の隊員は、全員戦死――

その事実が、ロナードという人物にとっていかほどの絶望なのかはわからない。

仲間の死を何とも思わない冷酷な人間であれば、あるいはオーガスティンのような戦闘狂であれば、気に病むことはないだろう。

だが、クリスの直感は、彼が自分と同類だと告げていた。

「……学園長。彼の対応については、僕に任せてもらえませんか？」

「それは助かる。こちらは祭りの準備で忙しくてな。必要な情報があれば、ワシのスパイを使いたまえ。とにかく、祭りまでくれぐれも探りを入れられぬよう頼む」

それから、ロナードの情報を集める日々が続いた。彼を知れば知るほど、クリスの直感は確信に変貌していった。自殺行為のマニューバの多用、激戦区への異動願。

ロナードが死を求めているのは明らかだ。自分だけ生き残ってしまったことに罪悪感を覚えている。そして、仲間の犠牲を忘れて変貌する世界に絶望しているに違いない。

彼となら、絶望を分かち合えるはずだ。

そして全てを知った時、志《こころざし》を共にできるはずだ。

彼は自分と同じはずだから。

五章

醒暦2007年　11月14日　AM11：55

回想を終え、クリスはぼそりとつぶやく。

「これで……よかったんだよね」

誰に言ったわけでもない。

虚《むな》しさの残る自分に、言い聞かせるためだった。

「――いいわけ、ないだろ！」

しかし、その先で紡がれたのは、力強い否定であった。

バーナードの水平二時方向から姿を現した赤竜《せきりゅう》。

太陽光を受けてエケクルスとは全く異なる輝きを放っているものの、乗っているのはロナードに相違ない。先の撃墜からわずか数分。

その間に、どのような経緯で別の《竜》に乗り換えたというのか。

分析しつつも、クリスは内心高揚していた。

「また会えて嬉《うれ》しいよ、ロナード」

「クリス……お前の目を醒《さ》ましにきた」

互いが互いを見つめ、最短ルートで接近を試みる。

高低差、対向角ゼロ。相対速度最大。純粋なヘッドオンの展開だ。

先の戦闘と似たオープニングであるが、決定的に異なる点が一つだけある。ロナードの飛翔《ひしょう》に、一切の迷いが消えていた。

こちらの揺さぶりも呼びかけも、今の彼には通用する見込みがない。

俯瞰《ふかん》してみれば、精神攻撃という戦術の一つを潰されただけにすぎないが、クリスはそれ以上のいらだちを覚えた。

故に、今回は勝負に乗った。

「目を醒ますのはそっちの方じゃないか？　なぜ、そうまでしてこの世界を守ろうとする？　こんな醜悪なものに、君が守るべき価値など無いというのに！」

「そんな大それたことをしているつもりはない。俺は、俺が守りたいものを守る。それだけだ！」

有効射程圏内に入るや否や、両者の《竜》は同時に《爪》《バルカン》を放った。着弾には至らなかったものの、熱を帯びた弾丸が脇をすり抜け、焼けるような感覚がクリスを襲う。

結果として決定打を与えられなかったが、これは想定の範囲内だ。すれ違った直後、機首を斜めに上げてシャンデルで反転。バーナードは赤竜の追従体勢へと移行する。

「それで？　守った先にどうなるというんだい？　君はもう知っているはずだ。これから、僕らがやり直すなんて不可能だということを！」

目の前を飛ぶ彼も、自分と同じ辛酸を嘗《な》めてきたはずだ。

淡い幻想を抱いて、打ち砕かれ絶望したはずだ。

それなのに、なぜそんな飛び方をする？

藍と赤。速度では圧倒的にクリスの方が有利であるというのに、赤竜からどんどん引き離されていくような心地であった。

クリスは躍起になり、出し惜しみなく排気器官を解放。裂帛《れっぱく》を大気に轟《とどろ》かせ、ロナードを捉えようと必死になる。

射線に入るぎりぎりで、赤竜は降下と共に雲の中へと逃走を図った。

当然、バーナードもそれに続く。

「いいんだ、クリス。やり直さなくても……清算なんてしなくていい」

意図しない突然の肯定に、クリスは面食らった。そして、それは雲を抜けた先で赤竜が消えていたことについても同様である。

くぐったのは厚み十メートルにも満たない綿雲。

その間でオーバーシュートさせられたとは思えない。

考えられる可能性は、死角である下後方だ。角の反響定位システムによって赤竜の位置を割り出すと予想通りだった。

ここから目視は敵《かな》わないが、ロナードのおおよその機動は予想できる。

おそらく雲にダイブした直後、機体を反転させループしたのだろう。見え透いた小細工だ。後を追うように、バーナードも同じ飛行機動《マニューバ》を切る。赤竜はそのまま上昇して再び雲に突入。完全な悪足掻《わるあが》きだ。と同時に、クリスは勝利を確信した。

　速度で劣る赤竜が上昇でさらにエネルギーを消耗すれば、空戦における手駒を全て失うようなもの。雲を抜けた先では、網に掛かった魚も同然となっているはずだ。

「それが今のお前を形作っている。過去を抱きしめたまま、遺志を背負ったまま、飛べばいい」

「何を――」

「クリス、お前本当は……諦めたかったんじゃないのか？」

　それは、まさしくロナードのカウンターであった。

　赤竜は確かに雲の上にいた。

　しかし、逆さまの状態で。

「まさか、背面旋回？」

　通常、旋回機動は弧の内側にコクピットを向けて行う。

　コクピットを外側にして旋回すると、身体《からだ》中の血液が遠心力によって頭に集中し、頭痛やめまいといった症状を誘発するからだ。故に、クリスはセオリー通り機体をひねってからループしたのだが、それこそがロナードの狙いだった。

　赤竜が通常のループ機動に入る。しかし、バーナードは追従できない。

　コクピットの位置が逆転している以上、同方向への旋回は困難だ。

クリスは、ついにロナードから引き剝がされた。

「手を伸ばそうとして、届かなくて……落ちる方が楽だと思った。だから、戦場を選んだ」

「違うさ！　破壊も混乱も全て僕の意志だ！」

「だったらなぜ、俺を引き入れようとした？」

今度はクリスが言葉に詰まる番だった。

「一緒に諦めてくれる奴《やつ》を、探していたんだろ？」

「……仕方ないじゃないか」

機首の上がったバーナードの動きは鈍重になり、さらに上昇を続けたことで失速していた。その弱り切った後方を、赤竜が占位する。

完全な吊り上げ《ロープ・ア・ドープ》。

完全な詰み《チェックシックス》であった。

戦闘の意志を失ったクリスは、防風《キャノピー》の側面にだらんと身体を預けた。

「どうしようもなく憎いんだ、この世界が。僕らの人生を滅茶苦茶《めちゃくちゃ》にして、平然と進んでいくこの世界が！　僕だって本当は、なりたかった。フェリスがなろうとしていた教師に！　でも……これ以外に、世界との関わり方が分からない」

墜《お》ちる以外に、生き方が分からなかった。

だが、一人では孤独だった。

「君なら……一緒に墜ちてくれると思ったのに」

「それはできない」

なら、せめて僕をこの場で殺してくれ。

クリスの願いは、しかしロナードによって打ち砕かれた。

「だが、一緒に飛ぶくらいはしてやる」

赤竜が六時を捨て、バーナードの左にぴったりとくっつく。

「クリス……俺と来い」

それは、ずっと待っていた言葉だったのかもしれない。

共に絶望へ墜ちるのではなく、苦しみながらも希望を探す言葉。

まだ、正解は分からない。

それでも、心は飛びたがっていた。

迷いながらもクリスが、ロナードへと手を伸ばそうとしたとき……

「それは、できん相談だなぁ！」

二人の通信に、どす黒い声が割って入ってきた。


蒼穹《そうきゅう》に翼を広げたそれは、一言で言い表すなら「悪魔」であった。

太陽を覆い隠す巨大な主翼。鋸《のこぎり》のようにとがった輪郭。わななく口は、破壊の悦に入る笑みにも思え、生理的嫌悪感がこみ上げてくる。

クリスは、その《竜》を知っていた。

「オーガスティンなのか……いや、それよりも」

ロナードは信じられないものを見たように、乾いた声で続ける。

「なんだ、その《竜》は?」

オーガスティンの愛竜＝ブランペインの色は、七色の光のどれにも該当しない黒。

濃縮した深い闇は、さながら宇宙の深淵《しんえん》を映しているかのようだった。

「これはこれは、さしものエースもイレギュラーにはお目にかかったことがないと見える。どうかね、黒い《竜》というのもなかなかに美しいだろう?」

イレギュラー。それは、《竜》の分類である虹の七色から逸脱した変異種だ。

大陸全土での目撃報告数はわずか数件。公的記録にイレギュラーを愛竜とする竜騎は存在しない。

実際、オーガスティンも通常は緑竜《りょくりゅう》を使用しており、ブランペインの存在を秘匿していた。

黒、白、透明、混色などイレギュラーの配色に法則性はない。共通しているのは通常の《竜》に比べてピーキーなスペックをしているということだろう。

ブランペインは、格闘爆撃偵察を全てこなせるマルチロールドラゴンだ。

そんな黒竜《こくりゅう》を相手に、ロナードは無謀にも格闘戦を挑もうとしていた。

「よせ、ロナード！」

クリスの不安をよそに、ロナードは対オーガスティンの空戦を有利に進めていった。ローリングシザースにもつれこみ後方を占位。すかさず放たれた赤竜の《爪》は、全弾毒々しい黒竜の鱗《うろこ》へと叩《たた》き込《こ》まれる。通常のドッグファイトであれば、なんと鮮やかな勝利だろうと喝采を贈りたくなるほどだ。

しかし、クリスの心境はそんなものとはほど遠い所にあった。

考えている余裕はない。クリスは主翼を広げて、覆うようにロナードの前を飛んだ。

瞬間、インターフェースを通じて焼けるような痛みが全身を襲う。被弾したのだ。敵の八時方向という、あり得ない方向から。

「――っぐ！」

「クリス！」

無数の弾丸が獰猛《どうもう》な牙のごとく、バーナードの翼を、腹を、首を食いちぎる。一発は防風《キャノピー》をかすめ、ガラスを粉々にした。割れた破片が額を切り裂き、視界を赤く染めていく。同期による痛みと現実の痛みが混ざり合い、クリスは思わず声を上げた。

ロナードは今頃、驚愕《きょうがく》しているだろう。

《竜》のメインウエポンである《爪》を、黒竜が八門擁しているという事実に。

ブランペインの前足は異常発達を遂げており、ゼロ時方向と六時方向に二門ずつ、二、

四、八、十時方向に一門の銃口を携えていた。当然、ゼロ時以外の《爪》によるヒットは期待できないが、後方占位に油断した相手を突くには十分だ。
さらにもう一つの事実に、ロナードは絶望の声を上げた。

「バカな、無傷だと？　……確かに直撃させたはず」

「いかんなぁ、ロナード君！　イレギュラーを通常の物差しで測ってはいかんよ。君らの《竜》のいう有効射程からでは、ワシの愛竜の鱗に傷一つ付けることすらできん。討ちたければ、もっと近づきたまえ！　撃ちたまえ！　死ぬ気で来たまえ！」

快楽と愉悦にまみれた嗤《わら》いが角越しにこだました。

ブランペインの次の一手は、火を見るよりも明らかだ。

闘争本能に従うままの、血で血を洗う殺し合いである。

獰猛極まりない行動原理ではあるが、それ故に軌道は読みやすい。

クリスは黒竜の辿《たど》るであろう虚空に的を定め、牽制《けんせい》の弾幕を形成した。

目の前に《爪》の雨が降り注げば、ダメージが入らないと分かっていても、反射的に機首を逸《そ》らすものである。

こちらの狙い通り、オーガスティンは猪突《ちょとつ》猛進の針路を修正。妨害に成功した。

「どういう風の吹き回しだね、クリス君？　ワシを裏切るつもりか？」

「最初から部下になった覚えはありませんよ。それにね、今、ロナードは僕と話していたんです。横入りは、教育者としていかがなものかと」

挑発に成功したのか、オーガスティンの意識がロナードからクリスへと移行する。

それでいい。

「ふふ……ふははははは！　おもしろい！　ならば、まずは君を撃ち落として……正々堂々、順番を巡らせることにしよう！」

黒竜撃墜には至近距離での《爪》、もしくは光学誘導弾《ヘルファイア》しか有効手段が存在しない。

だが、前者は八門の前足による被弾のリスクが高く、後者も押し負ける可能性がある。

手負いのバーナードと、赤竜だけで今の状況を覆せる見込みはない。

ならば、クリスの取る最後の手は決まっていた。

「ロナード、僕が囮《おとり》になる。そのうちに君は離脱しろ！」

「できるか！　お前はやっと……」

「これくらいが、お似合いの結末だよ」

むしろ恵まれてすらいた。

一緒に飛ぼうと言われて、どれだけ救われたことだろう。

「また、夢を見られて良かった」

死神の鎌がじりじりと喉元に迫ってくる。

最期を悟り、クリスはゆっくりと瞳を閉じようとした。

「さよなら」

刹那――

風を切って無数の弾丸が、天より降り注いだ。


突然の襲撃は、敵味方誰もが予想外であった。三体の《竜》は空戦を一時中止する。

にわか雨のように降り注いだ弾丸はいったいどこから放たれたのか。

その答えを探ろうと上空を仰ぐと、広がっていたのはまたもや予想外の光景であった。

「直上から？」

「このタイミングで……竜虹《りゅうこう》だと？」

碧落《へきらく》を彩る七層の光輪を突き抜けて、一つの影が舞い降りてくる。

乱入者の正体は野良の《竜》であった。

コクピットはなく、故に誰ともシンクロしていないはずの黄竜《おうりゅう》は、しかし意志を持って飛んでいるかのように見える。

それは……いや彼女は、バーナードを目にすると嬉しそうに体を揺らした。

まるで、久しぶりの再会を喜ぶように。

「オルバース……フェリス、なのか？」

その黄竜は、妹の愛竜と所々特徴が一致していた。

もし、本当にオルバースならば、クリスの窮地に駆けつけたのは亡きフェリスの遺志なのか。

待てども、言葉は返ってこない。黄竜はクリスの呼びかけに応えてくれない。

目の前で起こった一連の事態を、どう解釈するかはクリスに任されている。

今ここで竜虹が発生したのも、降下してきた黄竜が《爪》を放ったのも全て偶然、動物の気まぐれと片付けることもできただろう。それが今までのクリス・ブルースという人間であった。

だが、これからは違う。希望を抱くことなく現実だけを見つめ、諦念と共に物事を見つめる。数多《あまた》の解釈の可能性からクリスは手を伸ばし、選択した。

「まったく、敵わないいな。君には……」

これは、「生きろ」という願い。

優しすぎるフェリスが、《竜》にまでなって焼きたかった、兄へのお節介。

そうクリスは受け取った。

「おのれ、おのれぇっ！　空で惰眠をむさぼる野良の獣がぁ！　崇高な祭りにしゃしゃり出てくるなど！」

オーガスティンは苛立《いらだ》ちのまま、全方位に弾丸をまき散らした。

悪魔の次の攻撃対象は、オルバースに違いない。

妹の愛竜を、二度も目の前で墜とさせてなるものか。

「行こう、ロナード！」

「あぁ、クリス！」

＊＊＊

二機の竜騎は梯形《エシュロン》を組み、誘うようにブランペインの視界を通過する。

獲物はものの見事に食らいついた。それを見てロナードがスプリットSで下方、クリスがシャンデルで上方へと反転を入れる。

つい先ほどまで、殺し合いを繰り広げていたことが嘘《うそ》のような、絶妙なコンビネーション。上昇反転により藍竜《らんりゅう》の速度は減少、下降反転により赤竜の速度は増大。その結果、バーナードとカタリナの速度差が抑えられ、両者は同じタイミングで上下からブランペインに迫る。

「ふん、小癪《こしゃく》な！」

オーガスティンは、《爪》を掃射して弾幕を張った。攻撃は最大の防御となり、ロナード達《たち》のアタックをことごとく妨害する。しかし、二人は次の一手を打っていた。

赤竜と藍竜の口が大きく開かれる。

「オーガスティン。お前はここで、墜とす！」

「挑むか……このブランペインに！　ヘッドオンのヘルファイアを！」

火力勝負に絶対の自信とプライドを持っているのだろう。ブランペインもまた、呼応するように顎《あぎと》を開いた。とげとげしい黒い歯がびっしりと並ぶ様は、さながら血塗《ちまみ》れの鋸である。

晒《さら》された喉元の奥に、陽光にも似た輝きが増していく。《竜》の体内炉で形成されたエネルギーは濃縮の末、一つの出口を求めていた。

三体の《竜》が光学誘導弾《ヘルファイア》を放つのは、同時であった。

すさまじい光量を内包した熱線が真正面からぶつかる。

その衝撃に大気は震え、焼き焦がれた。

「たかだか二匹の稚竜《ちりゅう》ごときに！」

カタリナとバーナードが放った光の奔流は、合流して絡み合い、特大の破壊力へと至る。

しかし、それをもってしてもなお、黒竜にはわずかに及ばない。

鍔迫《つばぜ》り合《あ》いを続ける熱線は、ロナード達の方が押されていた。じわじわと迫ってくる地獄の劫火を目の前にして、しかしロナードもクリスも動じることはなかった。

なぜなら――

「二体ではありませんよ、学園長」

「――っ⁉」

カタリナとバーナードの間に、あの黄竜が颯爽《さっそう》と飛翔した。

そして、二人の背中を押すように、彼女もまた光学誘導弾《ヘルファイア》を放つ。

三つに重ね掛けられた熱量は、わずかにブランペインのそれを凌駕《りょうが》した。

「黄竜が一匹増えたところでぇ！」

すさまじい妄執と共に、オーガスティンは吠《ほ》える。だが、劣勢が覆ることはない。

とうとう悪魔は三体の《竜》と四人の魂に灼《や》かれた。

「これで、終わりだ！」

「終わらせはせん！　この祭りは永遠だ！　ワシの目が黒いウチは、祭囃子《まつりばやし》の音を止めさせるものかぁあああああああああああああああああああ!!!」

怨嗟《えんさ》の断末魔と共に、黒竜は爆散した。

その火花こそ、彼の言う戦い《まつり》が終わったという合図だった。


頭を失い指揮系統が崩壊したことによって、オーガスティンの私兵団は大混乱に陥っていた。時を同じくして、島の空域にＳＤＣの竜騎が大量に到達。圧倒的物量によって、テロリスト達を掃討していった。

それから人質救出とテロ鎮圧までに要した時間は、十分にも満たなかった。

こうして、平和の象徴たる学園の長が引き起こした前代未聞のテロは鎮圧され、幕を閉じた。

「先生っ！」

カタリナを滑走路に下ろすと、最初に飛び込んできたのはロナードを呼ぶ声であった。

見ると、シエルがロナードに向かって駆け寄ってきていた。

「お帰りなさい！」

「……ただいま」

何か付け加えようとして、ロナードは当たり前の事実を口にする。

「脅威は去った。もう大丈夫だ」

「はい、先生のおかげです」

純粋にそう思っているのか、シエルは無垢《むく》な笑顔を咲かせる。

「俺は今回……守れたのか？」

「守れましたよ。だって、私は生きてます……生きてますから」

「そうか……」

シエルはカタリナを見つめていた。亡き姉の魂が残る赤い《竜》を。

その時、彼女が何を思っているのか、ロナードには分からない。

ただ、分かっているのはこれからも彼女を守りたいという固い意志だけだ。

「それよりも先生、早く傷の手当てをしないと――」

「シエル……」

ロナードは彼女の名を呼んだ。

大切であるが故に、特別であるが故に……彼にはしなければならないことがあった。

「これで、さよならだ」

そう言って、ロナード・フォーゲルはこの日——

教師を辞めた。

空冥の竜騎

Dragon-Knight Streaking through the Sky

エピローグ

醒暦２００８年　４月１日　ＡＭ10：00

ロロディ島襲撃事件——

オーガスティンの引き起こしたＳＵ議長暗殺未遂は、後にそのように呼称されている。

彼の行為はＳＵの防衛力低下の危機感こそ煽《あお》ったものの、悲願であった大戦再開には至らなかった。終戦以降最悪のテロに動揺する各国首脳をまとめ上げ、さらに連携を深めていく流れに収まったのは、パルジオンの先導力がなせる業《わざ》だろう。

あの事件から秋が過ぎ、冬が終わり、そして新たな春が巡ってきた。

本日は、移転が完了したソラーレ中央士官学校の開校式である。

ロロディ島襲撃事件では人的被害こそ最小限に抑えられたものの、《竜》の戦闘による施設の被害は甚大であった。特に研究施設と予科棟は、ほとんど壊滅状態となっている。完全な復旧には短く見積もっても二年。要する費用は国家予算並みだ。

結果、復旧ではなく移設という案が持ち上がり、採用された。

場所はソラーレ議会本部のお膝元。SUの心臓である。元々ここには《竜》の研究施設とSDC保有の土地があり、移設に都合のよい条件が揃《そろ》っていた。

ホールには全校生徒がずらりと並び、新たな学園長が登壇するのを待っていた。

「……まさか、オーガスティンの後を継ぐことになるとはな」

ステージ裏でため息を吐くのは、元フレデフォート基地最高司令官のスピネルである。

「そうですか？　お似合いだと思いますよ」

慣れない手つきで襟を正すスピネルを見て、傍らにいたクリスは苦笑をもらした。

「それより僕は、ここの人事の方が驚きですね。元テロリストを、また教師として雇用するなんて……とても、正気の沙汰とは思えない」

「幸か不幸か、貴様がオーガスティンの手下であったと知る生徒はいないからな。おまけに、士官学校は人手不足。不穏分子の手も借りたい状況だ」

「見え透いた嘘《うそ》ですね」

背後から感じる鋭い視線は、今も絶えることなくクリスの背中に注がれている。

人手不足にしては、ずいぶんと手厚い監視態勢だ。少しでも不審な動きを見せれば、即刻排除するつもりなのだろう。

すなわち、スピネルの意図は別にある。

「ロロディ島襲撃事件……あれだけの規模のテロを、オーガスティンが単身主導して引き起こせるわけがない。計画を支援していた大物が、必ずいる。融和路線に割を食った資本家か政治将校か……どちらにせよ、そう簡単にしっぽを出すことはないだろう。だが、奴《やつ》の部下がこちらに寝返ったとなれば話は別だ。情報漏洩《ろうえい》を恐れ、確実に貴様を消そうと何か仕掛けてくるはず」

「要は、僕は本丸を釣るための餌ってことですか？」

「食いつかれるだけで済むなら、そう例えてもいいだろう」

「怖いですね。まぁ、せいぜい美味《おい》しく見えるよう、立ち回ってみせますよ」

時計の針が定刻を指した。開校式を知らせる鐘が、学校中に響きわたる。

悠然とスピネルは歩きだし、ステージの上へと向かっていった。

残されたクリスは、後ろに立つもう一人に呼びかける。

「それで……君はどうしてこんな回りくどいことを？」

彼が振り返ると、半年前に教職を辞したはずの友人がいた。

空軍からの左遷ではなく、正規の採用ルートで教員試験をパスしたロナード・フォーゲルは、この春より教師として再出発することとなる。

「どっちみち続けるなら、いったん辞める必要なんて無かったろうに。学校側も、君が残るのを期待していたはずだ」

「俺なりのケジメだ」

ステージの脇から、ホールを見渡す。

全校生徒の中には、シエルの姿があった。

「ここに居場所を見いだしたからには……命令ではなく自身の選択で、もう一度入り直したい。そう思った」

「君って、本当に真面目だね……いや、もしかしたらただ生徒達《たち》にサプライズを仕掛けたいだけだったりして？」

「それも少しあるかもしれない」

シエルはロナードの姿を見て、どんな顔をするのだろう。

驚くだろうか、微笑《ほほえ》むだろうか、それとも泣き出すだろうか。

想像すると、自然と頬がゆるんだ。

少しばかりいたずら好きになったのは、彼女の姉が原因かもしれない。

過去と未来に想《おも》いを馳《は》せていると、ステージ上のスピネルから視線が向けられる。

どうやら、教師陣の紹介へとプログラムが進んだようだ。

「なら、行きましょうか？　新任教師のロナード先生」

そうしてロナードは一歩を踏み出す。

飛翔《ひしょう》の先に待つ空に、胸躍らせながら。

空冥の竜騎

Dragon-Knight Streaking through the Sky

あとがき

はじめまして、もしくはお久しぶりです。

この度、第16回講談社ラノベ文庫新人賞にて《優秀賞》を受賞いたしました、神岡鳥乃《かみおかとりの》と申します。

漫画原作を担当した前作の単行本出版から三年。ようやく新しい物語をお届けすることができました。その間、大学院を辞めたり、ゲームのシナリオライターになったりと色々ありました。

近況報告の詳細は他で書くとして、本作が生まれた経緯を軽く語らせてください。

昔やったゲームで、竜に乗って戦うキャラクターがいました。「かっこいい！」と思う反面「風圧で搭乗者落ちるだろ？」とか「そもそも羽ばたきだけであの巨体飛べる？」とか面倒なことばかり考えていました。

しばらく、そのゲームについては忘れていたのですが、２０１６年にパラダイムシフトとも言うべき作品に出会います。

そう『シン・ゴジラ』です。

デカくて硬くて自重も支えられて、おまけにプロトンビームも撃てる！

しかも、ごはんを食べる必要もない！

こんなトンデモ生物が入念な科学考証に支えられ、現実感のある存在となってスクリーンで大暴れしていたのです。

あの作品を見て感動すると同時に、ふと昔のゲームを思い出しました。

現実味のあるゴジラを描けるのなら……現実味のある竜騎も描けるかも。

そんな考えが浮かんで竜についてあれこれ妄想を膨らませている間に、この作品『空冥の竜騎』は出来上がりました。パラダイムシフト……とまではいかずとも、あなたの好奇心を刺激する作品に仕上がっていたら幸いです。

最後に、謝辞を。

担当編集のU様、編集長のS様。本作に関して貴重なアドバイスをいただき、誠にありがとうございました。私の至らない点を辛抱強く指導してくださり、また作品をより面白い方向に導いてくださったこと、深く感謝しております。

次に、イラストレーターのＪＤＧＥ《ジャッジ》様。以前一緒にお仕事をさせていただいたことがありましたが、その時から繊細で美しいイラストに惹かれていました。今回、このようにタッグを組むことができて光栄に思っております。

そして、普段からお世話になっている創作仲間の皆さま。新人賞に落ちまくっている私が筆を折ることなく続けてこられたのは、間違いなく皆さまのおかげです。これからも、くじけそうなときは皆さまの熱意に触れて奮い立とうと思います。

最後に、読者の皆さまへ。あなた方のおかげで、こうして新しい物語を完成させ、世に送り出すことができました。本当にありがとうございます。
次回作でも、皆さまに楽しんでいただけるよう精進してまいります。それでは、最後までお付き合いいただきありがとうございました。

2024年6月　神岡鳥乃

ファンレター、
作品のご感想を
お待ちしています。

あて先

〒112-8001　東京都文京区音羽2-12-21
(株)講談社ライトノベル出版部 気付

「神岡鳥乃先生」係
「JDGE先生」係

より魅力的で楽しんでいただける作品をお届けできるように、
みなさまのご意見を参考にさせていただきたいと思います。
Webアンケートにご協力をお願いします。

https://lanove.kodansha.co.jp/form/?uecfcode=enq-a81epi-49

講談社ラノベ文庫

空冥《くうめい》の竜騎《りゅうき》

神岡鳥乃《かみおかとりの》

2024年6月28日第1刷発行

発行者	森田浩章
発行所	株式会社　講談社 〒112-8001 東京都文京区音羽2-12-21
電話	出版　(03)5395-3715 販売　(03)5395-3605 業務　(03)5395-3603
デザイン	寺田鷹樹(GROFAL)
本文データ制作	講談社デジタル製作
印刷所	株式会社ＫＰＳプロダクツ
製本所	株式会社フォーネット社

KODANSHA

ISBN978-4-06-536479-6　N.D.C.913　292p　15㎝
定価はカバーに表示してあります